회사를 관두는 최고의 순간

회사를 관두는 최고의 순간

이주영 지음

헤이북스

프롤로그

진짜 나를 발견하는 짜릿한 도전

이제껏 살아오며 가장 잘한 일이 무엇이냐고 누군가 물어온다면 나는 1초의 망설임도 없이 "카타르로 떠나 승무원으로 산 것"이라고 대답할 것이다. 편안한 듯 보였으나 아프고 고달픈 한국에서의 직장 생활을 뒤로하고, 나는 미지의 땅 중동 카타르로 떠나 그곳에서 내가 진정 사랑하는 일과 삶 그리고 사람을 만났다.

20대 시절, 매일 새벽같이 일어나 단장을 하고 만원 버스에, 지하철에 몸을 싣고 출근해 온종일 상사와 거래처 그리고 무엇보다 나 자신과 지지고 볶는 전투를 벌이고 녹초가 되어 집으로 돌아와야 했던 고단한 일상들. 그 일상을 뒤로하고 훌쩍 날아 도착한 카타르는 나에게 '자유' 그 자체였다.

이 글을 마주하는 독자들 중에는 유년 시절부터 장래 희망이 승무원이었던 이도 있을 테고, 취직을 준비해야 할 시기가 되어 여기저기 눈을 돌리다가 예기치 않게 마음을 사로잡은 직업이 승무원인 이도 있을 것이다. 또 힘겹게 취직을 하고 꿈에 그리던 직장 생활을 하게 됐지만, 그다지 행복하다고 느끼지 못해 일탈을 계획하다가 '지금 내가 가고 있는 이 길이 맞는 걸까'라는 물음 앞에서 한 호흡 쉬며 자기 삶을 되돌아보는 이도 있을 것이다.

이 책은 그런 이들과 함께하고 싶다는 마음에서 시작되었다. 나의 작은 용기가 큰 기쁨과 환희로 돌아온 경험을 여러분과 함께 나누고 싶은 바람에서 적어 내려갔다.

지난 10년간의 좌충우돌 해외 생활은 내 인생 가장 치열한 30대의 삶이 고스란히 담긴 소중한 시간이었다. 승무원 생활의 회고록 같은 이 글을 적고 있자니 코끝 찡하게 힘들기도 하고 눈부시게 찬란하기도 했던 그날의 기억들이 몽글몽글 가슴속에 차오른다.

외국에서 직사하게 고생도 하고 가끔씩 찾아오는 시련과 고난에 '집'에 돌아가고 싶은 날도 많았다. 그러나 이 모든 것을 상쇄하고도 남을 만큼 숨이 멎도록 아름다운 대자연의 황홀경에 빠져도 보고, 수많은 아름다운 사람들을 만나 울고 웃으며 어느덧 몰라보게 성장한 나를 마주할 수 있었다.

그리고 이 모든 귀한 가르침과 경험을 바탕으로 더 늦기 전에 진짜 나만이 할 수 있는 일을 해보고 싶다는 생각에 다시 한 번 용기를 내어 한국으로 돌아왔다. 많은 이들과 더 가까이서 소통하며 이제는 전 세계에 멋진 내 나라를 소개하고 싶다는 꿈이 생겼다.

승무원으로 일하는 동안 많은 곳을 다니고 정말 많은 사람을 만났다. 출근길 크루crew 버스에서 가장 먼저 인사하는 나의 동료부터 비행기에서 만나는 수많은 승객과 낯선 도시에서 만나는 낯선 인연까지 모두가 나의 스승이고 선배였으며 동무였다.

지금 이 시간에도 예상치 못한 일들이 수도 없이 일어나는 하늘에서, 언제 어떤 일이 일어날지 모르는 상황에 대비해 승무원들이 하나가 되어 저마다 자기 역할을 다하고 있을 것이다. 비행기가 덜컹하며 활주로에 닿는 순간, 드디어 땅에 닿았다는 안도와 함께 그럼에도 끝까지 긴장을 늦출 수는 없기에 얼굴엔 미소를 짓고 여유 있는 대화를 건네며 끝까지 안전하고 편안한 비행을 위해 노력하는 승무원들. 그들이 참으로 멋지고 존경스럽다.

내가 누구인지, 무엇을 원하는지도 제대로 알지 못한 채 바쁘게만 살아가던 어리숙하고 부족한 내가 서서히 용기를 내면서 한 걸음씩 발을 내딛고 새로운 곳을 향해 나아가며 진짜 나와 만났다. 이 하늘과 저 하늘을 날아 온 세계를 여행하며 보낸 시간은 지구를 탐험하고 싶다는 바람을 넘어 '나'라는 거대한 우주를 발견하게 해주었다. 그리고 오늘도 조금씩 나를 알아간다. 그런 점에서 이 책은 여전히 새로운 모험을 멈추지 않는 도전에 관한 이야기이기도 하다.

수백 명의 승객을 태운 긴 비행을 성공적으로 마치고 나서 우리만의 아주 작은 승리를 축하하기 위해, 저 멀리 에펠탑이 보이는 파리 시내의 노천카페에 앉아 커피 한잔 앞에 두고 오늘의 사무장 언니와 때로는 만족과 성취를, 때로는 우리들만 아는 분노와 흥분의 이야기를 나누는 자리에 여러분도 함께한다는 설렘으로 이 글을 읽어주었으면 좋겠다.

2020년 9월

이주영

차 례

이륙 Take-off

비행 Cruise

착륙 전 최고하강점 Top of Descent

착륙 Landing

탑승 수속

Check-in

모든 건
마음먹기 나름입니다

인생 선배들은 되도록 여행도 많이 다니고 사람도 많이 만나며 다양한 경험을 쌓으라고 권한다. 여행하면서 혼자만의 시간을 갖고 홀로 설 수 있는 방법을 스스로 겪어보라고 독려한다. 단, 여자 혼자 하는 여행은 위험하므로 절대 가지 말라고 신신당부한다. 그게 다 여자인 나를 위해서라며.

이 무슨 말인가? 여행이 삶을 풍부하게 해줄 거라는 선배들의 조언은 그렇다면 남자들에게만 해당되는 말일까. 물론 여행을 하다가 겪게 되는 이러저러한 곤경에서 물리적인 힘이나 방어가 절대적으로 필요한 상황에 처하게 되면 여성은 남성에 비해 신체적으로 힘의 열세에 놓일 수밖에 없다. 여자 혼자 다니는 여행이 충분히 위험할 수 있다는 말이다.

그렇다면 솔로 트레블러가 남자라면 무탈한 여행이 되는 것일까.

어느 여행자에게나 혹한, 폭염, 맹수, 전염병, 고독, 피로, 베드버그Bed Bug는 물론이고, 으슥한 뒷골목에서 한 무리의 불량배를 마주한다는 것은 엄연한 위험이고 공포다. 태권도 유단자라 할지라도 이들을 자연스럽게 대면하기는 쉽지 않다. 다시 말해 혼자 하는 여행은 누구에게나 어렵고 위험할 수 있다.

나 역시 "여자 혼자 하는 여행은 위험할 수 있다"라는 말에는 이견이 없다. 그러나 삶 어디에나 위험은 존재하게 마련이다. 비행기에서도 자동차에서도 심지어 내가 나고 자란 마을 앞 횡단보도에서도 위험은 존재한다.

그렇지만 도처에 도사리는 수많은 위험 때문에 사람들이 원하는 많은 것들을 포기하고 살아가지는 않는다. 교통사고가 아무리 무섭다 해도 천리 길을 걸어 다니고, 내 집 앞도 결코 안심할 수는 없다며 집 밖에 나가기를 꺼리지는 않는다.

여자 혼자 여행을 다니려면(남자도 마찬가지겠지만) 수십 킬로의 배낭을 짊어진 채 직접 목적지를 수소문하고, 지하철 계단을 수십 번 오르락내리락하는 수고도 감수해야 한다. 음식점에서는 2인분 이상 주문 가능한 도시의 진미를 1인분만 해줄 수 없느냐는 읍소를 해야 하고, 최대한 여행자처럼 보이지 않기 위해 대략의 지도를 머릿속에 저장하고 길을 나서야 하며, 때로 낯선 도시의 불량한 남자들의 음흉한 추파와

찝찝한 눈길을 온몸으로 막아내야 한다.

그럼에도 불구하고 여행은 누구에게나 공평하게 성장과 발전과 새로움을 선사한다. 그리고 매번 다시 그 길을 찾아 나서게 한다.

혼자 하는 여행은 마음먹기에 따라 위험과 공포가 아닌 신나고 즐거운 일이 될 수 있다. 비단 여자뿐 아니라 누구에게나 적용되는 '위험을 피하는 다섯 가지 방법'만 잘 따르면 된다. 첫째, 현지의 정보에 따라 위험한 지역에 가지 않는다. 둘째, 위험한 시각에 돌아다니지 않는다. 셋째, 여유를 갖되 긴장을 늦추지 않는다. 넷째, 아마추어 여행객처럼 보이지 않도록 한다. 다섯째, '나는 행복한 프로 솔로 트레블러다'라는 마음가짐을 갖는다.

내가 수년에 걸쳐 실천해본 결과 이 방법은 매우 효과가 좋았다. 혼자 다니는 여행 어디서나 즐거웠고 마음이 가벼웠으며 가슴 따뜻하게 넘치는 선물을 받아 집으로 돌아왔다.

정말로 여자 혼자 여행을 다니면 위험하지 않냐고? 전혀, 전혀 위험하지 않다. 지금이라도 '위험을 피하는 다섯 가지 방법'을 마음에 새기고 당장 떠나기를 강력 추천한다!

장고 끝에
묘수!

햇살 좋은 어느 눈부신 아침. 여행지에서 향기로운 커피 한 잔과 윤기 나게 잘 구워진 크루아상을 앞에 두고 확 트인 카페에 앉아 바삐 오가는 사람들의 일상을 들여다보고 있노라면 문득 이런 생각이 스친다.

'이 자유롭고 아름다운 공간에서 나도 저들처럼 살아보면 어떨까?'

한국을 벗어나 해외 이곳저곳을 천방지축 많이도 헤집고 돌아다녔다. 그러다가 '외국에서 한번 살아보고 싶다'는 강렬한 욕구가 생겼다. 물론 이러한 욕구를 충족시키기 위해서는 무슨 일로 밥벌이를 하며 살아갈 수 있을지에 대한 고민이 우선되어야 한다는 것을 모르지 않았다. 해외에 나가고 싶은 것이 정말 맞는지, 그 이유가 무엇인지, 그곳에서 하고 싶은 게 무엇인지, 그렇다면 어디로 가고 싶은지 등 목표가 구체적이고 명확해야 했다. 내 인생에서 내가 진짜로 원하는 것이 무엇인지에 대한 객관적인 진단이 필요했다.

장고를 거친 뒤에야 여기까지 생각이 미칠 수 있었지만 나의 결론은 의외로 단순했다. 나는 즐겁게 살고 싶다. 좀 더 구체적으로 말하면 1. 더 넓은 세상에서 2. 충분한 쉼이 마련되는 일을 하며 3. 공부도 하고 4. 최대한 많은 곳을 여행하며 즐겁게 살고 싶다.

이런 생각에 잠시 빠져들어 황홀한 상상의 나래를 펼칠 즈음 내 앞에 나타나는 질문이 있었다. 소박한 은행 잔고를 가진 내가 말 설고 물 선 외국에서 어떻게 벌어먹고 살아갈 수 있을까. 그리고 새로운 사회에 빠르게 안착해서 구성원으로 적응해 살아가기 위해서는 현지 단체에 소속되어 있는 것이 중요하지 않을까. 직장에 소속되어 밥벌이도 하고 새롭게 편입된 사회에 내 존재도 알릴 수 있는 방법은 없을까.

그러자면 막연하게 '외국에서 살아보는 것은 어떨까'라는 질문에 앞서, '외국에서 무슨 일을 하며 살아갈 수 있을까'를 고민하는 것이 먼저다.

해외 취업 사이트를 확인해보면 셀 수 없이 많은 정보들이 쏟아져 나온다. 물론 정보가 넘쳐난다고 그 모든 정보가 내게 유용한 것은 아니다. 학생이라면 해외 진학이 길이 될 수 있을 테고, 글로벌하게 통용되는 자격증을 소유하고 있다면 해외 취업의 길이 조금 수월할 수도 있다. 먼저 내가 선호하는 도시와 나의 능력, 직업, 기대 생활수준 등 자기에게 딱 맞는 정확한 정보가 필요하다.

외국에서 무슨 일을 하며 살아갈 수 있을까를 고민했다면, 그다음은 언제부터 실천으로 옮길 수 있는지를 생각해봐야 한다. 이것저것 하고 싶은 일은 많지만 그동안 뚜렷한 목표를 가지고 해낸 일이 몇이나 되는지를 떠올려보니 조금 부끄럽다. 이번만큼은 내가 나 스스로에게 강제성을 부여해야 한다. 이 뜨거운 여름이 지나고 흰 눈이 내리기 전에는 떠나기로 마음먹는다.

그래, 오늘부터 시작해보자. 인터넷에는 온갖 유용한 정보들이 넘쳐나고 지금 나에게는 뜨겁게 이 시간을 헤쳐나갈 의지가 있으니 잘할 수 있을 거야. 파이팅!

탑승

Boarding

"너는
좋아하는 게 뭐야?"

한국을 떠나 새로운 환경에 거주하며 어디로든 여행을 다니고, 마음껏 자유를 만끽하는 삶을 살고 싶었다. 하지만 현실은 여느 직장인들처럼 하루하루를 버텨내는 데 급급할 따름이었다. 어린 시절의 꿈을 접고 무작정 남들 눈에 멋있어 보이는 일을 하는 사람이 되고자 했으니 그 일이 내 안의 기쁨이 될 리가 없었다. 나는 꿈을 잃고 방향을 잃었다.

무슨 일을 하며 살아가야 하지? 내가 좋아하는 일이 뭐지? 생각이 정리되지 않은 채 나를 향한 의문이 꼬리에 꼬리를 물어 증폭되었다. 수많은 질문들 끝에 하나의 결론이 기다리고 있었다.

'그래, 여행을 떠나야겠다!'

그러고 보니 "너는 좋아하는 게 뭐야?"라는 질문에 내가 명쾌하게 답할 수 있는 것들 중 하나가 바로 여행이었다. 많은 이들이 직장 생활의 고단함을 여행의 즐거움으로 상쇄시키며 살아간다고들 이야기한다. 여행으로 보상받으며 고통의 시간을 참는다고 말이다. 나 또한 그랬다. 하루하루 아등바등 살아내며 휴가만 손꼽아 기다리는 직장인, 그게 나였다.

내 나이 이제 고작 서른인데, 백세 시대를 바라보는 이 시점에서 앞으로 남은 70년을 이렇게 살아야 한다면 너무 가엽지 않은가. 뭔가 대책이 필요했다.

한국 도착! 너 오늘 회사 끝나고 약속 없으면 언니랑 저녁 먹자.

운명처럼 에스 언니가 보내온 문자 메시지. 에스 언니는 에미레이트항공 승무원으로, 아랍에미리트연합국 중 하나인 두바이에 거주하고 있다. 몇 해 전 언니의 초청으로 두바이에 방문한 적이 있는데, 사막의 부자 나라답게 이국적인 매력이 넘치는, 한 번쯤 살아보고 싶은 도시였다.

- 승무원을 해보는 게 어때?
- 승무원이요?
- 외항사 승무원은 항공사의 국적에 따라 그 국가에 거주를 하게 되지. 기본적으로 비행이 일이긴 하지만 때론 여행이

라 말할 수도 있고, 쉬는 날이 많아서 의지만 있다면 공부를 할 수도 있어. 직원 티켓을 이용해서 어디로든 떠날 수도 있고, 아니면 비행 후 쉬는 날에는 그저 충분히 쉬어도 좋고…. 모든 게 충족될 것 같은데?

에스 언니에게 고민을 털어놓자 더 말할 것도 없이 승무원을 추천했다. 승무원에 관해 이런저런 이야기를 듣고 있자니, 세상에 이런 꿀 직업이 존재한다는 게 믿기지 않았다. 승무원은 비행기 안에서 노동을 하는 고된 직업이라고만 생각했다. 남들 편하게 여행 가는 그 시간에 뜬눈으로 밤을 지새우며 일을 해야 하는 직업이라고 말이다. 이렇게 놀라운 순기능이 있다는 것은 한 번도 들어보지 못했다.

승무원에게 비행은 물론 일이긴 하지만 목적지에 도착한 후에 주어지는 시간은 온전히 자신의 것이다. 그 순간부터는 자유로운 여행자가 되어 회사에서 제공하는 호텔에 머물며 그 도시를 마음껏 탐험할 수 있다. 꼬박꼬박 월급을 받아가며 말이다. 게다가 그때는 알지 못했지만 사람을 대하는 놀라운 능력을 기를 수 있는 직업이기도 하다. 한마디로 놀랍도록 알찬 구성의 패키지였다.

승무원이 되어 오늘은 이탈리아 로마에서 카푸치노로 아침을 시작하고 좁고 낡은 유럽의 앙증맞은 길을 걷다가,

점심에는 노천의 경쾌한 식당에 들어가 마르게리따 피자를 시켜 먹고 돌아 나와 트레비 분수 주위를 거닐다가 분위기 좋은 바에서 리몬첼로 한잔으로 저녁을 마무리하고 5성급 호텔에 돌아와 잠이 든다.

내일은 중국 청두로 날아가 그다음 날 아침을 통째로 화장실에서 보내게 될 운명을 알면서도 시뻘건 국물의 훠궈를 시키고 호텔로 돌아와 마사지를 받으며 잠이 들겠지. 인도네시아 발리에서는 작렬하는 태양 아래 뜨거운 열기만큼이나 뜨거운 청춘들이 서핑과 태닝으로 젊음을 불태우는 시간 속에 함께할 테고.

남아프리카공화국 요하네스버그에서는 스테이크와 와인을 실컷 먹고 잠들다가 이튿날 사파리를 방문해 아기 호랑이와 사진도 찍고, 또 다음 날에는 한가로이 프랑스 파리의 센강에 삼삼오오 모여 앉아 와인을 곁들여 인생을 이야기하는 청춘들 사이를 걷기도 하겠지.

미국 휴스턴에서는 뛰는 가슴 부여잡고 스카이다이빙에 도전할 테고, 몰디브의 신혼부부들 틈에 나 몰라라 무아지경 비키니 차림으로 선베딩을 즐기며 평생에 한 번 신혼여행으로 올 법한 이곳에 나는 셀 수 없이 왔노라고 속으로 자랑스럽게 외치겠지. 영국 런던의 웨스트엔드에서 오늘은 무슨 뮤지컬을 볼까 고민하며 레스터스퀘어의 티켓박스에 도착해 기대감에 부풀어 긴 줄을 아랑곳 않고 기다려 티켓팅을 하고 공연을 보러 갈 테야.

한국의 치맥이 그리운 날엔 뉴욕의 케이타운으로 한달음에 달려가 한국보다 더 한국적인 뉴욕을 즐기고, 크림인지 맥주인지 구분할 수 없을 정도로 갈색 거품이 잔뜩 올라간 스타우트가 그리워지면 영국 버밍엄에 갈 테다.

이런 기분 좋은 상상에 한껏 취해 다니던 직장을 박차고 나와 다시 취업준비생의 길을 걷기로 결심했다. 나는 외항사 승무원이 될 것이다. 그리고 승무원이 되어 더 넓은 세상과 만날 것이다.

나도
승무원이 될 수 있을까?

에스 언니를 만나고 돌아온 날부터 승무원에 대한 정보를 얻기 위해 인터넷을 뒤져가며 찾아보기 시작했다. 살면서 이렇게 흥분된 적이 있었던가 싶을 만큼 새로운 세상에 대한 기대로 아드레날린이 마구 솟구쳐 올라 하루 종일 내 얼굴엔 미소가 떠나지 않았다.

우리나라 최대 규모의 전·현직 승무원들의 모임이라는 인터넷 사이트에서 항공사 및 승무원에 대한 많은 정보를 얻을 수 있었다. 국내 항공사는 물론이고 해외 유수의 항공사까지 모든 항공사의 채용 정보가 가득했다. 에스 언니의 영향 탓인지 몇 해 전 방문한 두바이를 비롯해, 중동의 항공사가 제공하는 혜택들이 흥미로워 중동 항공사로 마음을 굳혔다.

중동에는 아랍에미리트연합의 두바이와 아부다비 그리

고 카타르에 주류 항공사가 있었다. 먼저 이들 항공사에 대한 정보가 있는 칼럼을 샅샅이 뒤졌다. 우연찮게도 바로 다음 주에 카타르 메인 항공사의 면접이 서울에서 있었다. 아무런 준비도 못한 나는 마음이 다급해졌다.

일단 이 인터넷 사이트에서 모집 중인 스터디 그룹에 도움을 청해보기로 했다. 중동 항공사 면접을 준비하는 소그룹을 목표로 세 군데 정도 연락을 취하자 곧바로 한 곳에서 연락이 왔다. 당장 참가하겠다는 의사를 밝혔다.

나까지 포함해 20대 후반 여성 넷이 모였다. 서로 간단하게 자기소개를 하고 중동 항공사 면접 경험이 있는 사람이 주축이 되어 이야기를 펼쳐나갔다. 세 사람 모두 중동 항공사를 목표로 두고 있었다. 이야기를 들어보니 해외 항공사, 특히 중동으로 떠나기 위해 면접을 준비하는 이들이 내가 생각했던 것보다 훨씬 많았다.

아무런 준비도, 정보도 없이 무작정 달려나온 나는 현재의 솔직한 상황과 심경을 전했다. 내가 그들에게 줄 수 있는 것은 밤새도록 인터넷을 파헤쳐 찾아낸 정보(그들도 이미 아는 것들) 외에는 전무하다시피 했지만, 고맙게도 그들은 그간의 경험과 최신 정보 등 많은 것을 나에게 나누어주었다. 현재 항공사들의 업계 동향과 채용 상황 및 시험 대비 방법까지 모든 것이 준비된 예비 승무원들이었다.

서로 같은 꿈을 바라보는 청년들이라 말도 잘 통하고 열정이 느껴져 기운이 솟았다. 무엇보다 일주일 뒤에 있을 카타르항공사 입사 시험을 앞두고 모두가 비장했다. 우리는 일주일 동안 총 세 번에 걸쳐 만나 서로를 평가하고 진단하는 모의 면접을 진행했다. 세 번뿐이었지만 진지하게 임했다. 스터디를 하며 면접에 대한 구체적인 아이디어를 얻고 나만의 생각을 정리하며 실전 면접에 대비했다. 모임이 없는 날에는 사진관을 찾아 승무원 프로필 사진 촬영을 하며 일주일간 누구보다 바쁘게 시험 준비를 했다.

드디어 1차 면접인 이력서 심사 날이다. 1차 면접은 서울 시내에 위치한 한 호텔에서 이루어졌다. 엄청난 인파에 입이 떡 벌어졌다. 딱히 시간이 정해져 있지 않은 오픈데이 형식으로, 이른 아침부터 오후 정해진 시각까지 한 명씩 줄지어 호텔 볼룸에 입장하면 면접관 세 명이 책상 하나씩 마주하고 앉아서 이력서를 받고 아주 간단한 대화를 주고받는 식이었다.

- 안녕하세요.
- 반가워요. 카타르는 처음인가요?
- 네, 처음이에요.
- 이전에도 항공사 입사 시험은 본 적이 없나요?
- 없습니다. 긴장되는데요.

- 좋아요. 행운을 빌어요.

이게 전부다. 수많은 사람들이 이력서를 제출하고 스쳐 지나갔다. 아주 찰나의 순간에 나의 운명이 결정되는 것이다. 그리고 그날 오후 바로 전화 한 통을 받았다. 이틀 후 2차 면접 장소인 서울의 한 호텔로 아침 일찍 출석하라는 1차 면접 합격 통보였다. 일사천리로 진행되는 통보에 얼떨떨했다. 내일모레 당장 2차 면접을 치러야 했다. 스터디 모임에 참석하며 익힌 질문과 답변을 정리하며 이틀을 보냈다.

면접 당일, 내가 가장 좋아하는 파란 민소매 원피스에 카디건을 걸쳐 입고 긴 머리는 포니테일로 단정하게 묶었다. 빨간 립스틱으로 포인트를 주고 스틸레토 힐까지 갖춰 신고 면접장에 들어섰다. 대부분의 면접자가 동일하게 검정 스커트에 화사한 블라우스를 알록달록 갖춰 입고, 머리와 화장도 완벽하게 치장을 하고 앉아 있었다.

문득 대학 졸업반 당시 방송사 아나운서 입사 시험을 준비하던 시절이 떠올랐다. 부모님 돈으로 면접 의상을 준비하고 미용실에서 머리와 화장도 곱게 받고 면접을 보러 다녔다. 면접 의상은 내 옷이 아니었고 그날 하루를 위한 특별한 헤어스타일과 화장 또한 내가 아니었다. 가장 매력적인 나를 보여줘야 하는 자리에 내가 아닌 내가 있으니 잘될 리가 만무했다. 부질없었다.

오늘만큼은 내가 가장 좋아하는 옷, 그리고 내가 가장 예뻐 보이는 단정한 머리 모양과 화장으로 가장 매력적인 버전의 나를 어필하리라 마음먹었다. 몸과 마음이 편안해지자 눈에서 레이저라도 나올 것처럼 눈빛이 또렷해지고 자신감이 넘쳤다.

'그래, 오늘 이 눈빛으로 다 제압하고 오겠어.'

2차 면접은 영어 능력 시험에 해당하는 필기시험과 간단한 토론 그리고 암리치arm reach였다. 필기시험은 모두 주관식으로, 간단한 지문을 읽고 답하는 형식과 논술 한 문항이었다. 필기시험을 마치고 한 시간가량 휴식 시간이 주어진 후 합격자를 호명하고 다음 시험을 이어나갔다. 내 이름이다. 내 이름이 불렸다.

다음 시험은 간단한 토론이다. 여덟 명가량이 한 팀이 되어 주어진 주제로 토론을 벌이는 동안 밖에서는 암리치를 재는 형식이었다. 암리치는 까치발을 들고 한쪽 팔을 뻗어 나오는 손가락 끝이 212센티미터를 넘겨야 한다. 기내 좌석 머리 위 수화물 칸의 높이 때문이겠구나 짐작했다. 몸을 풀며 불안해하는 면접자도 간혹 눈에 띄었지만 내 키에서는 살짝 까치발을 들면 가뿐히 닿을 수 있는 높이였다. 암리치는 물론 좋은 팀원을 만난 덕분에 팀 토론도 여유 있게 마치고 가벼운 마음으로 오늘의 합격자 호명을 기다렸다.

30분 정도 호텔 로비에서 휴식을 취하고 있으니 면접관이 나와 합격자를 호명하고 면접장 안으로 집합시켰다. 모든 일이 일사천리였다. 가장 먼저 내 이름이 불렸다. 하나둘씩 사람들이 면접장 안으로 들어섰다. 아침에 본 면접자 가운데 3분의 1가량만이 남은 듯했다. 먼저 축하한다는 인사와 함께 최종 면접에 대한 오리엔테이션을 진행했다. 다시 이틀 후부터 시작하는 면접에 누가 몇 시에 출석해야 하는지 이름에 맞춰 최종 개인 면접 시각을 알려주었다.

- 미스 쥬 리, 14시 정각에 오세요. 그리고 하나 더. 미스 리는 다음 면접에는 반드시 아이라인과 마스카라를 포함한 눈 화장을 하고 오세요.

나에게만은 주문 사항이 하나 더 주어졌다. 면접관이 느끼기에 핵심 사안이 아닌 부분에 대해서는 만회할 수 있는 기회를 한 번 더 주었다. 다음 면접에는 면접관님 마음에 쏙 들도록 눈 화장을 그려 가야겠다고 다짐했다.

드디어 최종 면접 날이다. 조금 서둘러 도착한 면접장은 이전과 달리 한산했다. 개별 면접이라 한두 명 정도가 면접장 앞에 대기하고 있을 뿐이었다. 곧이어 내 차례가 되어 면접에 들어갔다. 들어서자마자 면접관 둘 중 한 명이 나의 옷을 칭찬했다. 무척 예쁘고 잘 어울린다며 분위기를 부드럽게 만들어주었다.

실패한 경험과 성취한 경험 그리고 외국인과 해외 생활의 경험이 있는지 등을 물었다. 마지막으로 몸에 상처나 흉터가 있는지를 물었다. 나는 곧바로 "노!"라고 대답했다. 그러나 몸에 상처나 흉터 하나 없는 이가 어디 있을까. 그럼에도 나는 당당히 "노"라고 외쳤다. 그러자 면접관이 웃으며 "그건 뭐예요?"라며 나의 무릎을 가리켰다. 내가 모기 물린 자국이라고 설명을 하자 면접관은 한국에도 모기가 있냐며 의아해했다. "그럼요. 한국에도 모기가 있지요." 순간 웃음꽃이 피고 분위기가 화기애애했다.

다행히 기분 좋게 인터뷰를 마치고 면접장을 빠져나왔다. 앞으로 어떤 일이 나를 기다리고 있을지 모르겠으나 이 순간만큼은 기분이 정말 좋았다. 발걸음도 가벼워 까만 그림이 가득 없어진 나의 눈은 연신 싱글벙글 웃고 있었다.

'서른 이전까지 하는 모든 일은 삽질'
이라는 위로

- 아버지, 저 카타르항공에 승무원으로 취직했어요.
- 네가 지금 에어웨이트리스Airwaitress를 하겠다는 거냐.
- 네.
- 중동에서?
- 네.
- 많이 생각하고 결정한 거냐.
- 네.
- …그래, 취업 축하한다. 건강하게 즐겁게 잘 다녀오너라.

눈물이 났다. 이상했다. 우리 집은 할아버지 때부터 사농공상士農工商 사상이 뼛속 깊이 배어 있는 집이라 오빠와 나는 학창 시절 내내 공부만 해야 했다. 예능과 체능은 취미가 아니고는 꿈도 꿀 수 없었다. 선비처럼 책상에 앉아 머리를 쓰는 일이 아닌 다음에야 아버지를 기쁘게 해드리기는 쉽지 않았다. 그래도 아버지는 이제는 이길 수 없이 커버린 막내딸을 끔찍이 여겨 당신 마음에 전혀 들지 않는 일을 하러 저 멀리 타국으로 떠남에도 딸의 건강을 빌며 축하해주셨다.

어느 날인가 회사에서 녹초가 되어 돌아온 날이 있었다. 일은 뜻대로 되지 않아 나날이 자괴감이 들고, 상사는 연발하는 나의 실수를 이제는 부족한 능력으로 간주하며 꾸짖기 시작했다. 그리고 측은한 나를 동료들은 내버려두었다. 머리카락 속엔 원형탈모가 듬성듬성 나타났다. 이미 내 몸과 마음은 상처 입고 길을 잃어 만신창이였다.

내색하지 않았지만 자식 뒷모습만 봐도 저 녀석이 무슨 생각을 하는지 아는 게 부모라고 하던가. 저녁 식사 도중이었다. 아버지가 대뜸 내가 얼마나 버는지 물어보셨고, 현재 다니고 있는 직장이 성장이 아닌 돈 때문이라면 집에서 용돈을 조금 줄 수 있으니 회사에 나가지 않아도 좋다고 하셨다. 이런 말씀을 하실 거라 전혀 상상하지 못했기에 깜짝 놀랐다. 이어서 그런 게 아니라면 누구든 힘들고 어려운 시절을 겪고 성장하게 되어 있으니 잘 견디고 열심히 해보라며 말씀을 마치셨다.

물론 나를 챌린징하는 말씀이었고, 실제 그런 일은 일어나지 않았고 일어날 리 없었지만 힘이 났다. 내 편이 있었다.

말씀은 많이 안 하셨지만 아버지는 언제나 나를 지켜보고 응원하고 계셨다.

'이게 부모의 마음이구나.'

헤어질 때가 되니 보이기 시작했고, 헤어져서야 그 마음을 조금이나마 알 수 있었다.

출국일이다. 카타르 도하에 도착하면 현지 시간으로 새벽 5시경이라 했다. 한국과는 6시간 시차가 나는 셈이다. 놀랍도록 알찬 구성의 패키지를 운명처럼 한 번에 받아 들고 카타르 도하행 탑승을 기다리고 있었다. 면접 때 본 익숙한 얼굴이 몇몇 보였다. 목례와 함께 어색한 짧은 인사를 주고받았다.

무얼 가져가야 할지 몰라 이것저것 가방에 챙겨 넣다 보니 수하물 규격 무게를 넘겨버렸다. 이제 막 서른이 된 딸이 시집은 고사하고 저 멀리 중동으로 취업해 간다 하니 눈 질끈 감은 나의 부모님은 수하물 오버차지를 마지막 선물처럼 쏴주셨다.

나는 서른이다. 이미 벌써 어느덧 서른이기도 하고, 이제 겨우 고작 서른이기도 한 나는 그렇게 서른 살이 되었다. 20대 중반 무렵 고등학교 동창이 "서른 살 이전까지 하는 모든 일은 삽질이다"라고 이야기한 적이 있다. 당시 외국계 금융권에 입사해 빛 좋은 개살구임에도 그 영롱한 빛에 취해 있던 나는 속으로 '너만 혼자 삽질하는 거겠지. 난 아니란다'라며 나는 다른 부류의 사람임을 과시하고 싶었다.

하지만 이후 나는 내가 무얼 하는지도 모른 채 수년 동안 그 친구 말대로 삽질을 하고 있었다. 당시 혜안이 있었던 그 친구에게 이제라도 사과의 말을 전하며, 이 정도면 삽질은 그만할 때가 되었다고 나 스스로에게 다짐했다.

이제 나는 떠난다. 열심히 삽질하던 나의 지난날은 저 깊은 곳에 묻어두고서. '사랑하는 나의 사람들 모두 감사합니다. 잘 다녀올게요.' 다시는 영영 돌아오지 못할 것처럼 부모님과 인사를 나눈 뒤 나는 사랑하는 모든 것들을 뒤로하고 출국장 보안검색대 안으로 들어갔다.

2010년 올림픽 경기를 마치고 빙상에서 눈물을 펑펑 쏟은 김연아 선수를 기억한다. 그리고 그녀와 함께 눈물을 펑펑 쏟은 나를 기억한다. 당시 김연아는 만 스무 살. 그리고 나는 만 서른 살이었다. 시상식 이후 이어진 인터뷰에서 눈물을 쏟은 이유를 묻자 김연아는 모르겠다고 했다. 그러나 그 순간 그녀와 함께 울었던 나는 그 눈물의 의미를 알 것 같았다.

"왜 울었니?" 나에게 질문했다. 그녀가 이 순간을 위해 흘린 땀과 눈물과 열정이 느껴져서, 고통과 환희가 고스란히 전해져서. 또 질문했다. "그렇다면 너는 저렇게 열정을 다 바쳐 무언가를 성취한 적이 있니?" 없었다. 그래서 울었다.

나는 김연아 선수보다 10년이나 더 살았는데도 나를 다 쏟아부어 이루어낸 것이 아무것도 없었다. 나를 온전히 쏟아내어 이 끝에서 저 끝까지 치고 올라가려고 노력한 적이 없었다. 시도는 있었겠지만 끝까지 해보지도 않았을뿐더러 다 쏟아내지도 않았다. 그럴 주제가 되지 못한다고 생각했다.

그렇게 방황하던 그때의 나를 가장 잘 표현할 수 있는 문장 하나가 떠올랐다. "나는 못하는 게 없지만 잘하는 것도 없다." 다시 나에게 질문했다. "이제는 잘할 수 있겠니?"

최선을 다해 성취하고 열심히 살고 싶다고 생각했다. 하루하루 그럭저럭 살아지는 삶이 아닌 열심을 다해 살아내는 삶, 그렇게 살고 싶다. 그리고 이제는 나도 잘할 수 있을 것 같다. 나를 믿고 힘껏 달려보기로 했다.

이륙

Take-off

회항,
비상착륙 그리고 안착

'중동의 천연자원 부국.' 이것이 내가 카타르에 대해 알고 있는 전부다. 아라비아반도의 동부 페르시아만에 돌출한 카타르 반도에 있는 국가. 18세기에는 오늘날 바레인의 토후 칼리파가의 영토였으나, 1868년 영국과 우호조약을 체결하고 1916년 특별조약으로 영국의 보호령이 되었다. 이후 1971년 9월 1일 독립. 수도는 도하. 공용어는 아랍어. 아랍인 40%, 인도인 18%, 파키스탄인 18%, 이란인 10%, 기타 14%. 무슬림 70%의 이슬람국가(검색 포털이 알려주었다).

들어본 적은 있으나 깊이 생각해본 적은 없는 나라다. 더구나 내가 이곳에서 살게 될 것이라고는 생각조차 하지 못했다. 공용어가 아랍어라면 나도 아랍어를 공부해야 하나? 다행히 항공사 면접관이 영어로도 충분하다고 알려주었다. 신나기 그지없는 미지의 땅이다.

답답한 현실을 벗어나는 것만으로도 엔도르핀이 마구 솟구치는데, 앞으로 내가 살아가게 될 곳을 확인하니 그곳은 지난 30년간 내가 살아온 나라와는 너무도 다른 세계였다. 두려움은 개나 줘버리고 가슴속에는 설렘과 기대감이 가득 자리 잡았다.

나와 함께 입사하게 된 친구들이 셋 더 있었다. 아까 공항에서 인사 나눴던 친구들. 나보다 한참은 어려 보이는 친구도 있었다. 우리 넷은 그렇게 에어버스 A330 기종의 가운데 좌석에 나란히 앉았다. 비행기를 처음 타는 게 아닌데도 모든 것이 새롭게 보였다.

'이곳이 앞으로 내가 많은 시간을 보내게 될 곳이구나. 잘 지내보자.'

열 시간 만에 도하 국제공항에 도착했다. 공항에 도착해서 보니 그 규모나 운영이 귀엽기 짝이 없었다. 우리나라 지방 어딘가의 철도 역사쯤 될까. 10여 년이 지난 지금의 카타르 하마드 국제공항을 보면 격세지감이라는 단어가 떠오르지 않을 수 없다. 머지않아 나의 동료가 될 항공사 직원이 우리를 맞이했다. 트럭으로 우리의 짐을 먼저 실어 나르고 우리는 승용차로 그 뒤를 따랐다.

도착한 곳은 공항에서 그리 멀지 않은 무글리나Umm Ghuwailina라는 지역이다.

'아, 여기가 앞으로 내가 살게 될 내 집이구나.'

높은 천장과 말도 안 되게 넓은 거실과 부엌, 방 세 개, 화장실 세 개인 그라운드에 배정받은 나는 중국계 말레이시안 두 명과 함께 이곳에서 지내게 될 터였다. 방을 안내받고 마지막으로 열쇠와 환영 상여금까지 손에 쥐고 방문을 닫았다.

방 안에 들어서니 책상 위 웰컴 키트가 나를 반겨주었다. 간단한 음식과 최소한의 생필품이 담긴 웰컴 키트. 마치 홀로 들어선 이 공간에 잘 적응해 살아남아달라는, 다정한 인사를 건네는 서바이벌 키트 같았다. 먼저 눈을 감고 기도했다. 이곳까지 무사히 도착하여 새로운 시작을 기대할 수 있게 해주심에 감사했다.

- 지금 슈퍼마켓 가려는데, 같이 갈래요?
- 좋아요. 같이 가요.

공항에서의 통성명 이후 비행 내내 약간의 대화를 나눈 우리는 어느새 많이 가까워져 있었다. 우리 넷은 택시를 잡아타고 루루 슈퍼마켓으로 향했다. 택시비 5리얄. 한화로 1,500원 정도다. 해외여행을 하면 늘 들르는 곳이 현지 슈퍼마켓이다. 그곳에서 나는 두세 시간도 거뜬히 때울 수 있다. 그들이 어떤 것들을 판매하는지 또 구매하는지, 무엇을 먹고 마시는지, 무얼 소비하며 생활하는지 등 모든 것들이 나의 호기심을 자극했고, 현지 슈퍼마켓에서는 그와 관련해서 많은 것들을 채울 수 있었다.

식료품 코너에 가자 아라빅 대추야자인 데이츠Dates가 눈에 띄었다. 몇 해 전 두바이에 방문한 적이 있는 나에게는 익숙하면서도 반가운 녀석이다. 여러 종류의 데이츠부터 각종 견과류나 건과가 알알이 박혀 있는 데이츠까지 달달한 그 맛이 생각나 군침이 돌았다. 개인적으로 데이츠를 먹을 때면 곶감을 먹는 듯한 착각에 빠지기도 한다. 특히 잣과 함께 있는 데이츠라면 누가 한국인 아니랄까봐 파블로프의 개처럼 수정과를 입 안 가득 머금은 듯한 조건반사를 일으킨다.

데이츠 코너 옆으로는 각종 향신료와 견과류가 즐비해 있다. 역시 중동답다. 수많은 종류의 향신료를 보면서 그 옛날 아랍 상인들의 주머니를 채워주던 금은보화가 바로 이것이었겠구나 생각했다.

구경거리도 잠시, 정신을 차려보니 식료품, 주방용품, 욕실용품 등 필요한 게 한두 가지가 아니었다. 문득 “혼자 살든 둘이 살든 필요한 살림은 매한가지”라던 엄마 말씀이 생각났다. 쇼핑 카트에 바리바리 생필품을 챙겨 담았다. 이것저것 양손 가득 장을 보고 간단히 저녁도 때운 후 집으로 돌아왔다.

트레이닝이 시작됐다. 어느 직업이든 직업 훈련으로 시

작하겠지만, 특히 항공업계는 그 교육 기간과 강도가 상당하다. 비행기를 타보기만 했지 그 어떤 것을 작동해본 적도, 작동할 것이라 생각해본 적도 없었기에 약간의 긴장감이 생겼다.

오리엔테이션을 시작으로 본격적인 트레이닝에 들어갔다. 스무 명 정도 되는 인원이 하나의 조로 구성되어 한 배치에 하나의 번호를 부여받았다. 배치 번호 569! 우리는 569기 입사 동기다. 우리 배치에는 인도인이 다수 있었다. 인도인 7명, 한국인 4명, 필리핀인 2명, 프랑스인 1명, 루마니아인 1명, 이집트인 2명, 멕시코인 1명, 쿠바인 1명 총 19명이다.

지금이야 이렇게 저마다 국적이 다른 사람들과 10년을 일하다 보니 외국인과 함께 지내는 일이 너무나 당연하게 여겨지지만, 그 당시 내가 받은 첫인상은 놀라움 그 자체였다. 아울러 '글로벌 시대에 발맞춰 나도 글로벌 인재로 거듭나겠구나' 하는 기대가 샘솟았다.

카타르의 인구 구성은 자국민 외에 인도인이 절대 다수를 차지하며 그들이 속한 직군은 다양하다. 비단 카타르뿐만 아니라 중동 다른 나라에서도 특정 국적을 가진 사람들이 많은데, 이들이 종사하는 일은 상당 부분 정해져 있다.

인도, 스리랑카, 파키스탄, 방글라데시 등의 국적을 가진 사람들은 대개 노동자 계층에 해당하는 일을 한다. 유럽인이나 오세아니아인들은 연구직이나 사무직에 종사하는 경우가 많다. 예를 들어 영국인이 사무직 혹은 연구직으로 일하는 경우는 쉽게 찾아볼 수 있지만, 영국 국적의 노동자나 청소부는 찾아볼 수 없는 곳이 중동이다.

그러나 인도인만큼은 어느 직군에서나 만날 수 있다. 나의 상사가 인도인이었는데, 매일 아침 집을 나설 때 나에게 반갑게 인사를 건네는 경비원과 청소부도 인도 사람이었다.

다양한 나라에서 온 사람들로 이루어진 회사는 그만큼의 다양성이 공존해 있다. 우리는 삼삼오오 모여 서로의 다양성을 존중하며, 그 특성에 대해 이야기하는 것을 큰 즐거움으로 여겼다. 한 예로, 회사에서 만나는 인도인은 대개 누군가를 가르치려는 습성이 있어서 때로는 그들에게 가르침을 받기도 한다. 가끔 황당하기도 하고 기분 나쁘기도 하지만, 이를 인도인의 특징으로 이해하면 충분히 넘길 수 있다.

지난 4년 동안 한집에서 같이 지낸 나의 방짝은 스리랑카 친구다. 한국 드라마를 좋아해 날이 새도록 잠도 자지 않고 드라마를 보고 나에게 한국말을 걸어오곤 하던 나의 베이비 엘리펀트. 이 친구 말고도 내가 만난 스리랑카인은 대부분 정이 많은 사람들이었다. 한편 루마니아인 혹은 동유럽인은 자기애가 강하다. 그들은 자기가 너무 똑똑하고, 자기가 너무 아름답고, 자기가 너무 나이스하다고 온 마음을 다해

진심으로 아무렇지 않게 이야기했다. 가끔은 저 밑도 끝도 없는 자존감이 부럽기도 하다.

중남미인은 우리가 익히 알고 있듯 열정적이고 로맨틱하다. 연인이 아닌 친구 사이에서도 그들의 정열은 넘치는 키스와 허그로 확인할 수 있다. 개인적으로 우리와 가장 잘 맞는 외국인이 아닐까 생각한다. 한번은 내가 중남미 콜롬비아로 여행을 간다고 하자 일본인 친구가 내게 해준 이야기가 있다. 일본인들이 한국인을 뭐라 부르는지 아느냐면서, '아시아의 라티노스Latinos'라고 부른단다. 흥이 넘치는 중남미의 라틴계 사람들 같다고. 나 역시 그들과 있으면 정이 느껴지고 편안하다.

영국인은 역시 신사의 나라에서 온 사람들답게 언제나 예의가 바르다. 대개의 문자 메시지에 거의 어김없이 답변은 땡쓰Thanks 혹은 치어스Cheers로 시작하는 경우가 많다. 모두가 감사의 표현이다. 마지막으로 북아프리카 및 걸프 지역 등 아랍어를 사용하는 국가에서 온 사람들은 브라더후드brotherhood가 상당히 강하다. 우리는 모두 브라더와 시스터, 즉 형제자매인 것이다.

여기까지가 나의 친구들과 동료들이 모여서 나눈 지극히 개인적인 견해들이다. 그럼 이들은 우리 한국인을 어떻게 생각할까. 해외여행을 하다 보면 낯선 이를 만나 나를 소개해야 하는 경우가 많이 생긴다.

- Where are you from? (어디서 오셨어요?)
- I am from Korea. (코리아.)
- South? Or North Korea? (사우스? 노스?)
- Of course, South Korea. (당연히 사우스 코리아죠.)
- Why is it so of course? (왜 그게 당연한가요?)

그렇다. 한국의 역사와 현실에 대해 잘 모르는 외국인들에게는 지금 자기 앞에 있는 코리안이 사우스 코리안일 수도, 노스 코리안일 수도 있다. 당연히 사우스 코리안일 이유는 없다.

한국에 사는 많은 사람들이 "웨어 아 유 프롬"이라는 질문에 나처럼 단순히 "코리안"이라고 대답한다. 나는 코리안이니까. 그러면 외국인은 다시 질문을 한다. "사우스 혹은 노스 코리아?" 나는 당연히 "사우스 코리아"라고 대답한다.

하지만 우리가 당연하게 알고 있는 사실인 북한 사람들의 여행 부자유에 대해 다수의 외국인은 알지 못하는 경우가 더 많다. 따라서 지금 자기 앞에서 자유롭게 여행하고 있는 이 코리안이 사우스인지 노스인지 모르는 게 당연하다.

나에게 당연한 것이 모두에게 당연한 것은 아니라는 사실 하나를 깨닫는다. 이 깨달음 이후 나는 이렇게 대답한다.

"나는 사우스 코리안입니다."

나와 함께 직업 훈련 교육을 받은 친구들은 한국인을 굉장히 현실적이며 어리숙한 척하는 여우라고 생각한다. 적어도 한국 승무원 동료들에 대해서는 그렇게 평가한다. 사실 우리는 '알아도 모르는 척 ,모르면 모르는 채' 그렇게 조용히 지내는 것이 미덕이라고 가르침 받으며 살아왔다. '나대다'라는 말이 저속한 표현으로 비치고 좋은 어감을 갖지 못하는 것도 그러한 이유에서일 것이다.

평소에도 조용조용 나대지 않고 수업에 참여하고, 좀처럼 질문도 하지 않으며, 대체 저이가 아는지 모르는지 모든 이가 의문을 갖기 시작할 즈음 필기시험을 보고 나면 만점을 기록해 모두를 깜짝 놀라게 한다.

"다 알고 있었어? 모르는 척한 거야?"

결국 외국인들 눈에는 우리가 다 알면서도 모르는 척하는 의뭉스러운 여우가 되는 것이다. 우리는 다만 겸손해야 하기에 말을 삼가고 선생님을 존중하며 수업에 참여하는 것뿐인데, 외국인들 눈에 비친 우리의 행동은 우리의 의도와 다르게 해석되고 있는 것이다.

서로 간략하게 자기소개를 하고 회사에 대한 영상도 보며 오리엔테이션이 진행되었다. 트레이닝은 앞으로 두 달 가까이 진행될 것이며, 서비스와 항공 안전에 관한 교육이 기본이 될 것이라는 이야기를 들었다.

서비스 관련 트레이닝은 순조롭게 진행되었다. 매일 진행되는 상황극에 모두가 흥미를 가지고 참여했으며, 특히 목업Mock-up(객실 승무원을 위한 교육 공간으로, 실제 비행기와 동일하게 제작된 모형 공간)에서 이어지는 교육은 상황극이 마무리된 후 진짜 기내식을 그 자리에서 먹을 수 있었기에 더욱 즐거웠다.

항공 안전 교육은 생각보다 공부할 양이 방대했다. 엄청난 두께의 책을 여러 권 받았다. 심지어 다 영어다. 지저스! 학창 시절 내내 영어 공부를 열심히 하며 살아왔건만, 온전히 영어로 된 이토록 두꺼운 책을 공부해본 적은 없다. 대학 시절에도 전공이 법학이었기에 국제법 시간을 제외하고는 영어 원서를 볼 일이 거의 없었다. 더욱이 이렇게 영어로 된 법전 같은 책을 볼 일은 더더욱 없었다.

항공 안전 SEPSafety and Emergency Procedures 교육 강사는 인도 억양이 강한 영어를 사용하는 인도인 마노쉬였다.

> 아이 엠 뗄링 유 레이디스. 플리즈 뤼-멤버 에브리띵 워드 바이 워드.
>
> I am telling you ladies. Please remember everything word by word.

(여러분 잘 들으세요. 반드시 단어 하나하나 기억하세요.)

한국말이라면 자신 있게 설명도 하고 발표도 하겠는데, 영어로 그것도 '워드 바이 워드'라 함은 말 그대로 한 글자 한 글자가 아닌가. 게다가 강한 인도 억양의 강사가 말하는 것을 듣고 이해하고 따라가야 했다. 영어 공부를 열심히 하며 살아왔다고 해도 이건 또 다른 도전이었다.

'인생은 정말 끝없는 도전의 연속이구나.'

비행 기종은 작은 기종의 싱글 아일single aisle인 에어버스 A320, 321, 319와, 큰 기종의 더블 아일double aisle인 에어버스 A330을 교육받았다. 본격적인 직무 교육인 항공 안전 교육에 들어가며 승무원이 무얼 하는 사람인지 다시 한 번 생각해 보았다.

과거 내가 생각해온 승무원은 그저 비행기 안에서 식사와 음료를 대접하는 예쁜 언니들이었다. 그녀들이 하는 말의 대부분은 "닭고기와 생선 요리 있습니다. 무얼 드시겠습니까?" 이 두 문장 말고는 그녀들을 달리 기억나게 하는 것이 없었다. 이 정도가 내가 알고 있는 승무원의 직무다.

처음엔 나도 승무원을 준비하면서 식사 서비스만 한다는 것이 자존심이 상하고 영 내키지 않았다. 그러나 승무원의 순기능을 떠올렸다. 일을 하며 할 수 있는 업무 이외의 많은 것들을 말이다. 난 그것들을 수시로 기억해냈다.

그러나 곧 나는 그것들을 기억해내야 할 필요가 전혀 없음을 알게 되었다. 승무원은 나의 자존심을 상하게 할 만큼 하찮은 일을 하는 직업이 아니었던 것이다. 상당한 양의 항공 안전 방침은 물론 응급처치 방법까지 하나하나 숙지하고 있어야 하고, 나중에 현장에서 이 모든 기능들을 수행해낼 수 있어야 한다. 역시 세상에 쉬워 보이는 일은 많아도 결코 쉬운 일은 없는 법이다.

어렵고 힘든 길에서 벗어나 조금 더 자유롭고 편한 길을 가겠다며 선택한 일이 승무원이었다. 하지만 나의 생각이 틀렸다. 내가 꿈꾸던 직업의 길에서 맞은 회항 그리고 비상착륙과도 같이 카타르에 안착하여 시작한 승무원이라는 일은 나에게 새로운 길을 열어주고 있었다. 그것도 아주 흥미진진한 길을 말이다.

세상의 모든 일이 그러하듯 승무원 역시 열심히 노력하고 많이 준비되어 있어야 하며, 무엇보다 어떤 상황에서도 프로페셔널해야 하는 일이다.

Heads down, stay down.
머리를 숙이고 몸을 낮춥니다.
Open seat belt.

안전벨트를 풉니다.

Leave everything.

소지품은 가져가지 않습니다.

Come this way.

이쪽으로 오십시오.

Jump and slide.

점프 앤 슬라이드.

비록 비상착륙과도 같은 시도였지만, 어느새 나는 새로운 세계로 점프하여 앞으로 펼쳐질 세상 속으로 신나게 미끄러져 들어가고 있었다.

이제라도 알았으면
당장 시작하면 된다

첫 로스터Roster를 받았다. 로스터란 항공 승무원이 매달 받는 비행 스케줄 표다. 나의 첫 견습 비행은 인도 첸나이Chennai와 사우디아라비아 담맘Dammam이다. 견습 비행은 대체로 가까운 지역의 턴어라운드turnaround 비행(체류 없이 왕복하는 비행)을 가게 된다. 사우디아라비아 담맘은 들어본 적이 있는데, 인도 첸나이는 처음 들어본다. 마드라스Madras라고도 불리는 곳이다.

- 쥬, 나랑 마드리드 같이 가네.
- 나 마드리드 안 가는데?
- 아니야. 너 나랑 마드리드 같이 가. 이것 봐. 너와 나의 첫 견습 비행이 마드리드야.
- 마이라 잘 봐. 이건 마드리드가 아니고 마드라스야. 인도

첸나이.

- 노! 안 돼. 남자 친구를 만나기로 했다고.

나의 비행 메이트 마이라는 이 인도 첸나이가 로스터에 수두룩했다. 이유인즉, 스페인 마드리드에 갈 것이라 생각하고 공항 코드를 착각하여 비행 신청을 한 것이다. 마드리드 공항 코드는 MAD, 인도 첸나이 즉 마드라스는 MAA. 그녀의 로스터는 MAA 풍년이었다. 아쉽게도 남자 친구는 다음 기회에.

- 나는 한국에서 온 쥬Ju라고 하고 오늘이 첫 견습 비행이에요. 잘 부탁해요.
- 반가워요. 환영해요. 에어버스 A330 기종 메인 도어의 사전비행체크pre-flight check에 대해 말해주세요.

Door locking indicator is locked in green.
문잠금 표시등 녹색 잠김.
Door is disarmed. Safety pin is fitted. Red flag is visible.
도어 안전장치 해제. 안전핀 확인. 빨간 깃발 확인.
Observation window is clean and clear.
관측 창 클린 앤 클리어.
Slide raft gauge needle is in the green zone.

슬라이드 구명보트 팽창압력 표시 정상 확인.

No obstructions or debris around the door when the door is closing.

도어 잠김 시 장애물 확인.

When the door is opened safety strap must be placed.

도어 오픈 시 안전스트랩 확인.

- 오케이. 아주 좋아요. 잘했어요.

첫 브리핑이다. 그리고 해냈다. 워드 바이 워드word by word. 매 비행은 브리핑으로 시작한다. 함께 비행할 모든 이들과 간단한 자기소개와 인사를 나누고, 오늘의 비행 기종과 목적지, 주의 사항, 특이 사항 등에 대해 이야기를 나눈다.

그중 우리를 가장 공포에 떨게 하는 것이 있었으니, 바로 항공 안전과 응급처치에 관한 짧은 퀴즈 시간이다. 돌아가며 한 명씩 질문을 받게 되는데, 그날의 사무장이 조금이라도 까다롭거나 예민한 사람이라면 우리 모두는 바짝 긴장해야 한다. 다행히도 오늘 나와 함께 비행하게 될 사무장은 인상이 좋아 보인다. 나의 첫 견습 비행이니 너그러이 그리고 무사히 넘어가주기를. 제발.

그렇게 두 번의 견습 비행을 무사히 마치고 나서 견습 비행 합격 통첩을 받으면 나는 중동 항공사의 승무원이 된다. 훈련생Trainee 명찰 대신 승무원Cabin attendant 명찰을 가슴에 달게 된다. 입꼬리에 절로 미소가 번지며 에너지가 샘솟았다. 방황하고 아파하며 이곳저곳 떠돌던 나의 취업준비생 시절이 떠올랐다. 나는 날개를 달았다. 나는 이제 진짜 승무원이다.

견습 비행을 마친 나의 진짜 첫 비행의 목적지는 이탈리아 밀라노다. 밤샘 비행으로 밀라노에 도착하면 그날 하루 온 종일이 내 것이 되고, 다음 날 새벽같이 밀라노와 프랑스 니스 간 왕복 비행을 하고 정오도 지나지 않은 시각에 호텔로 돌아오면 그때부터 다음 날 오프까지 거의 개인 휴가나 다름없는 여정의 비행이었다.

로스터를 받아 들고 내게 주어진 꽤 긴 자유 시간을 세어보고 있자니 흥분되어 시도 때도 없이 웃음이 비죽비죽 새어나왔다. 이 초보 승무원은 오늘의 비행을 어찌 할지는 잊은 지 오래고, 마음은 벌써 이탈리아 밀라노 말펜사 공항에 안전하게 착륙해 있었다.

본조르노 이탈리아Buon Giorno Italy!

이 공기, 이제 나는 자유다! 유럽의 한겨울 1월의 차디찬 공기가 스산하기는커녕 상쾌하고 청량했다. 폐부에서부터 환희가 뿜어져 나왔다.

대학 시절, 부모님 돈 아까운 줄 모르고 유럽 여행을 한 적이 있다. 그때는 영국에 거주하며 어학연수를 하던 중에 단행한 유럽 여행이라 스포일드 차일드Spoiled Child였던 나는 별다른 감흥을 느끼지 못했다. 그리고 지금 이 순간 무엇보다 나를 감동하게 만든 것은 이곳까지 오게 만든 나의 발걸음들이다. 대학을 졸업하고 나를 이곳까지 이끈 수많은 순간들이 떠올랐다.

수험번호 35700입니다. 제가 적격입니다!

영화 〈어 퓨 굿 맨A Few Good Men〉(1992)에서 주인공 톰 크루즈가 상사에게 자신을 어필하며 했던 대사다. 저 한마디를 시작으로 나는 나를 어필하기 시작했다. 내가 얼마나 이 자리에 적격한 인간인지 말이다. 가히 위풍당당한 태도로 떨리기는커녕 오히려 자신감이 흘러넘쳐 긍정의 기운이 무한으로 쏟아져 나왔다. '나 이렇게 바로 채용되는 거 아닐까?' 하는 즐거운 상상에 사로잡혀 자신감이 자만심으로 변질되고 있는지도 모르고 첫 입사 시험은 그렇게 진행되었다.

어린 시절부터 꿈이 있었다. 아나운서, 난 아나운서가 되고 싶었다. 어린 내 눈에는 아나운서만큼 아름답고 기품 있으며 우아하고 지적인 여성을 보지 못했다. 그들처럼 되고 싶었다.

- 들어오세요. 왜 아나운서가 되고 싶으시죠?
- 유년 시절부터의 꿈이고 많은 이들이 저는 아나운서상이라고 말해주었습니다. 사람과 사람을 이어주는 아나운서. 제가 적격입니다.
- 사람들이 추천해서 아나운서가 되고 싶은 건가요?
- 아니요. 저도 제가 적격이라고 생각합니다.
- 무엇 때문에 본인이 적격이라고 생각하시는 거죠?
- 어린 시절부터 믿음이 있었습니다. 저는 아나운서가 될 거라는.
- 어린 시절의 믿음 때문에 본인이 적격이라고 생각하시는 건가요?
- 네, 저는 제가 아나운서가 되지 못할 이유가 없다고 생각합니다.
- 아나운서가 무엇을 하는 사람이라고 알고 있습니까?
- 사람과 사람을 이어주는 아나운서. 제가 적격입니다.
- 알겠습니다.

오 마이 갓! 내가 지금 뭘 하고 온 거지? 저렇게 기초적인 질문에 나의 대답은 중언부언과 무한 반복의 연속이었고, 심지어 자만이 차고 넘쳤다. 이미 벌어진 일이었다. 이불 킥을 하며 며칠 밤을 지새우고 최종 합격 통보가 있던 날, 나는 연락을 기다리지도 않았다. 친구들은 면접을 망쳤다는 생각이 들면 오히려 길조라면서, 의외로 합격 통보가 올지도 모르니 기다려보자고 내게 희망을 심어주었다. 하지만 나는 알고 있었다. 난 망했다는 걸. 그리고 내가 알고 있었다는 것을 증명하듯 연락은 오지 않았다.

다시 시작해야 했다. 그래, 다시 하면 된다. 그렇게 한 번 두 번 다시 시작되었지만 처음 같지 않았다. 성적은 오히려 저조했고 자신감도 서서히 사그라들면서 예전의 긍정적인 기운은 세상을 향한 분노로 바뀌어 있었다.

'내가 아니면 도대체 누가!'

여전히 자만으로 가득 찬 질문은 분노라는 감정까지 끌어들여 나를 실패의 나락으로 치닫게 했다. 망했다. 나는 찌질했다.

이렇게 평생 취업준비생으로 살아가야 하는 운명일까. 꿈을 이루는 것을 떠나 직업을 가질 수나 있을까. 불안하고 지긋지긋했다. 취업준비생의 삶은 잉여의 삶을 사는 안타까운 청춘이었다. 무엇보다 찬란해야 할 그 순간에 꿈에 대한 성취도 아닌 다만 직업을 구하지 못했다는 자기 연민에 빠져 스스로를 잉여인간 취급하며, 다시 돌아오지 않을 그 아름다운 시간을 온갖 부정적인 생각으로 갉아먹고 있었다. 그리고 취업준비생의 머릿속을 잠식한 부정적인 생각들은 포기라는 녀석을 초대했다.

'그래, 안 되는 거였어. 그만하자.'

아나운서가 되겠다는 꿈을 포기했다. 그리고 이제는 꿈만 꾸는 지긋지긋한 취업준비생에서 벗어나 꿈이 아닌 직장을 구해야겠다고 마음먹었다. 이대로 주저앉을 수는 없으니 종목을 바꾸어 다시 시작하기로 했다. 목표는 은행원이었다.

내가 대학을 졸업하던 그 즈음은 투자은행가들의 활약이 눈부시던 시기였다. 지금은 흔적도 없이 사라져버린 '블랙베리' 휴대폰은 그들의 사회적 지위를 상징했고, 그 징표를 붙들고 이메일을 수시로 확인하며 자신이 세상 잘나가는 존재임을 온몸으로 표출했다. 그들은 동경과 부러움의 대상이었다.

'그래! 바로 저거다. 남들 눈에 그럴듯해 보이는 일이라도 해야겠다.'

나도 그 블랙베리를 들고 셔츠 소매를 걷어붙이고 긴 머리를 쓸어 올리며 이렇게 잘나가고 있다는 것을 온 천하에 알리고 싶다는 섹시한 상상에 사로잡혔다. 그렇다면 다시 현실로 돌아와서, 내가 가진 것들은 무엇인지 곱씹어보았다.

대한민국 서울 소재 4년제 대학 졸업, 법학사, 토익 900, 그리고… 없었다.

외국계 투자은행가가 되어 한 손에는 블랙베리를, 다른 한 손에는 테이크아웃 커피를 들고 고개를 빳빳이 세우고 눈은 아래로 내리깔고 걸으려면 미국 아이비리그 혹은 국내 명문대 졸업장이 필요했다. 영향력 있는 MBA 혹은 그에 준하는 자격증이라도 취득하던가. 네이티브 잉글리시 스피커에 가까운 영어 실력이라도.

'젠장, 이번 생은 틀린 건가.'

그래도 끝나기 전에는 끝난 게 아니라는 말을 믿기에 도전해보기로 결심했다. 잡월드, 금융권, 반복되는 인터넷 검색과 지원, 인터뷰를 거쳐 마침내 나는 외국계 금융권에 살포시 발을 얹을 수 있었다. 취업에 성공했고 드디어 번듯한 직장을 가진 사회인이 되었다.

이제 와서야 깨닫게 된 내 인생의 큰 진리가 있다. 포기하지 않으면 언젠가 반드시 이루게 된다는 믿음이다. 그리고 인생은 생각한 대로 살게 된다는 사실이다.

"지금 알고 있는 걸 그때도 알았더라면"이라고 말한 류시화 시인의 글귀가 가슴속에 내리꽂힌다. 그러나 후회는 내 스타일이 아니다. 나는 여전히 청춘이며, 이제 알게 되었다 해도 결코 늦은 게 아니다.

지금 알고 있는 걸 그때도 알았더라면?
아니, 이제라도 알았으면 지금 당장 시작하면 된다!

이탈리아 밀라노에서 맞이한 1월의 겨울, 이 최고의 아침을 이후로도 잊지 못하리라. 그 어떤 것도 특별할 게 없는 유럽의 어느 추운 겨울 아침이었지만 내 마음만큼은 캐리비안 해변의 작렬하는 태양보다 더 뜨겁게 자유를 느끼고 있었다. 지금 이 순간이 앞으로 나에게 펼쳐질 최고의 날들의 서막임을 아주 조금 알 수 있었다.

나는 자유다.

좌석 업그레이드 부탁해요

현재 전 세계 대부분의 항공사가 보유한 민간 수송용 비행기는 기본적으로 비즈니스와 이코노미클래스 두 가지 객실로 구성된 바이클래스와, 여기에 최상위 퍼스트클래스 객실까지 포함하고 있는 트라이클래스 두 가지 버전을 갖추고 있다.

항공업계와 관련이 없는 사람을 만날 때 자주 듣는 이야기 중 하나가 "어떻게 해야 좌석 업그레이드를 받을 수 있느냐"는 질문이다. 수많은 팁에 따르면 탑승 직후 크루에게 오늘이 나의 생일이니 특별히 좋은 추억을 부탁한다며 귀여운 압력을 가한다거나, 기내에서 마주하는 크루에게 당당히 초콜릿 한 상자를 내밀며 법에 저촉되지 않을 법한 범위에서 당신에게 주는 나의 청탁성 뇌물이니 알아서 잘 모셔달라고 이야기하면 된단다. 어디서 전해 들은 팁인지 궁금해진다. 너무 빤해서 매 비행에 없으면 서운할 정도다.

생일입니다, 허니문을 가고 있습니다, 당신에게 주는 초콜릿이니 잘 부탁드립니다, 허리가 아픕니다, 다리가 아픕니다, 가족이 고통 중에 있습니다 등등. 끝을 알 수 없는 다양하고 창의적인 버전의 좌석 업그레이드 청탁이 이어진다. 과연 효과가 있을까? 결론부터 이야기하면 '절대 될 리 없음'이다. 당신만 너무 융통성 없이 빡빡한 것 아니냐고 물으신다면 아쉽게도 절대 그렇지 않다. 좌석에 있어서만큼은 예외가 없고, 어느 누구도 영향력을 행사할 수 없다.

다른 항공사도 우리와 크게 다르지 않을 것이다. 승무원에게 초콜릿을 건네주신다면 감사히 잘 먹겠지만 안타깝게도 객실을 이동하는 수준의 편의를 제공하기는 어렵다는 점을 분명히 알려드려야겠다.

각 항공사마다 객실 승무원의 구성이나 체계가 조금씩 다르겠지만, 내가 근무한 중동 항공사 승무원의 직급 체계는 크게 네 단계다. 이코노미 객실 승객을 담당하는 에프투F2, 프리미엄 객실 승객을 담당하는 에프원F1, 이코노미 객실을 책임지는 부사무장 씨에스CS, cabin senior, 비행 전체를 책임지는 사무장 씨에스디CSD, cabin service director가 객실에서 일하는 실무자들이다. 비행을 갓 시작하는 크루라면 새내기 크루답게 온갖 잡다한 일을 열심히 해내는 자리인 에프투부터 시작한다.

프리미엄 객실의 승객을 담당하는 에프원으로 근무하던 때의 일이다. 승객이 탑승을 시작하기 전 승무원은 지상 직원으로부터 오늘의 승객 명단을 전달받는다. 회사 태블릿 피시에는 승객의 이름, 성별, 국적, 여권 번호 그리고 비행 일정이 모두 담겨 있다. 특히 프리미엄 객실의 승객이라면 몇 번 자리에 누가 앉을지에 따라 개인 물병, 헤드셋, 기내 메뉴, 어메니티 키트Amenity Kit 같은 편의 용품을 모두 비치해둔다. 탑승에 맞춰 좌석을 찾는 프리미엄 객실의 승객에게 빠른 자리 안내와 안락함을 제공하기 위해서다.

전 객실의 좌석 세팅이 완료되면 보딩이 시작된다. 프리미엄 객실은 탑승 승객별 정보에 따라 좌석을 세팅해두기 때문에 어느 자리에 누가 앉는지를 훤히 알 수 있다. 6A는 분명히 빈자리인데 웬 젊은 남성이 짐을 내려두고 좌석에 자리를 잡는다.

- 안녕하세요. 실례합니다만 탑승권을 볼 수 있을까요?
- 안녕하세요. 여기 있습니다.
- 여기 돈이 따라왔네요.
- 당신 거예요.
- …아닙니다. 탑승권만 확인하겠습니다. 좌석 번호가 35B로 자리를 잘못 찾으셨네요. 안으로 더 들어가주시면 됩니다.

티켓과 함께 네모반듯하게 접힌 지폐가 몇 장 따라온다. 실수로 따라왔다고 하기에는 너무도 반듯하게 접혀 티켓 뒤에서 고개를 빼꼼히 내밀고 있다. 탑승권을 확인하기 위해 돈을 돌려드렸으나 다시 받으라고 말한다. 좌석 업그레이드 청탁 뇌물이다.

이 젊은 남성의 좌석은 35B 이코노미석으로, 6A 비즈니스석 자리의 주인이 아니었다. 곱게 접혀져 있어 몇 장의 지폐를 건넨 것인지 알 수는 없지만 아마도 백여 달러였을 것이다. 탑승권 확인을 마친 후 지폐와 함께 전달한 뒤 탑승권에 명시된 좌석으로 돌아가주실 것을 부탁했다.

무상 혹은 저렴한 가격의 좌석 업그레이드가 전혀 일어나지 않는 것은 아니다. 그러나 기내에서의 좌석 업그레이드 권한은 기장은 물론이고 객실 사무장에게도 주어지지 않는다. 더욱이 얄팍한 청탁은 어디서도 통하지 않는다.

좌석 업그레이드를 원한다면 탑승에 앞서 수속 시 지상 직원에게 방법을 물어보는 것이 그나마 가능성을 높이는 길이다. 이코노미 객실이 만석에 오버부킹(초과 예약)일 경우에는 항공사에 충성도가 높은 고객 순으로 상위 클래스로 무상 좌석 업그레이드를 하기도 한다.

이때 항공사에 대한 충성도는 각 항공사에서 시행하고 있는 멤버십 프로그램의 등급과 연관이 있다. 아무렴 우리 집에 자주 오는 단골손님 상에 부침개라도 한 접시 더 올려주고 싶은 마음이 들지 않겠는가. 그러니 여기저기 여러 항공사를 이용하는 것보다 한곳을 정해서 마일리지도 쌓고 포인트도 쌓아 충성도를 높여두는 것을 추천한다. 이렇게 하나의 항공사와 비행 실적을 잘 쌓아놓으면 좌석 업그레이드를 해야 하는 상황에 나의 이름을 가장 먼저 리스트에 올릴 수 있다.

몸이 불편하거나 특히 연세가 많은 여행객을 만나면 우리 부모님 같아서 열 번이고 스무 번이고 좀 더 너른 좌석에서 편하게 가시라고 말씀드리고 싶지만 비즈니스의 세계는 그렇지가 않다. 일단 탑승한 이후라면 비행기에서 마주하는 승무원은 사무장이라 할지라도 무상 좌석 업그레이드의 권한이 없다. 탑승하기 전에 똑똑하게 알아보고 준비해서 비즈니스클래스 업그레이드의 행운을 꼭 누려보기를 바란다.

'크루밀'이 뭐예요?

승무원은 비행기에서 뭘 먹어요?
승객들이 먹는 것과 똑같은 것을 먹나요?

비행기라는 공간은 마지막 문을 닫는 순간부터 다시 지상에 안착하여 그 문을 열게 되는 순간까지 완벽하게 고립된 공간이다. 바쁜 비즈니스맨에게는 이메일이나 휴대전화에서 해방되어 얼마간의 휴식을 만끽할 수 있는 쉼의 공간이기도 하다. 하지만 최근에는 이 또한 옛날이야기가 되어버렸다. 비행기에서도 와이파이를 사용할 수 있는 새 세상이 열렸기 때문이다. 그렇게 와이파이는 이제 저 멀리 구름 위에서도 바로 우리 옆에서 모두를 연결해주고 있다.

하지만 비행기 안에서의 물리적 재화는 여전히 한정적이다. 예를 들어 치킨 요리가 다 떨어지고 없는 상황에서 아무리 컴플레인을 한다고 한들 당장 문 열고 뛰쳐나가 닭을 잡아올 수는 없는 노릇이다. 마음은 굴뚝같지만 될 리 만무하다.

언젠가 치킨 요리가 다 떨어지고 없어서 승객에게 양해를 구했더니 욕 한마디가 돌아왔다. 'F*** You'라고. 이럴 때는 화가 난다기보다 어처구니가 없다. 얼마나 많은 성인의 내면에 치유받지 못한 어린아이가 살고 있는지 다시 한 번 생각해보게 된다.

이코노미와 비즈니스 객실에는 서로 다른 음식을 제공한다. 물론 비즈니스 객실의 음식이 더욱 양질이다. 이코노미 객실에는 식판 하나에 모든 것을 담아 일률적으로 제공한다면, 비즈니스 객실에는 '다인 온 디맨드Dine on Demand' 콘셉트라 하여 따로 정해진 식사 시간 없이 항공 안전이 확보된 시간이라면 비행 중 언제라도 고급 레스토랑과 같은 식탁을 눈앞에서 한 상 가득 차려 받을 수 있다.

승객 입장에서는 완벽하게 환상적인 서비스지만 이게 가끔은 승무원을 환장하게 만들기도 한다. 분명 항공 안전이 확보된 시간에서 이루어지는 서비스라고 사전에 충분히 설명을 해도 '언제든지'라는 단어에 사로잡힌 승객은 항공 안전에 대한 이해 없이 진정 언제든지 모든 것이 가능할 것이라 생각한다. 그러고는 착륙 직전까지도 풍부한 우유 거품이 올라간 뜨거운 카푸치노 한 잔을 당당히 요구한다.

착륙 직전에는 비상시 어떠한 물체 하나도 날아다니는 일이 없도록 기내의 모든 것을 완벽하게 정렬하여 넣어두어야 한다. 승객에게도 모든 것을 제자리에 두도록 협조를 구하지만 승무원 역시 주어진 시간 안에 모든 사물을 제자리에 위치시켜야 한다. 객실과 갤리, 화장실 등 모든 곳을 확인한 뒤 착륙 준비가 완료되면 조종석의 기장과 교신을 통해 객실 착륙 준비를 알린 후 착륙에 들어간다. 가끔은 기장이 착륙 허가가 예정보다 몇 분 앞당겨졌다며 모두 착석할 것을 요구하는 경우도 있다.

이처럼 비행 중 가장 바쁘고 정신없고 제일 중요한 그 시점에 뜨겁고 풍부한 우유 거품을 올린 카푸치노를 만들어 달라는 요구라니. 긴 비행시간 놔두고 이제 와서 바빠 죽겠는데 "정말 이 시점에?"라고 묻고 싶은 마음이 굴뚝같지만 그래도 어찌하겠는가. 마지막까지 최상의 서비스를 제공해야 하는 것이 우리의 임무 아니던가. 우리 크루들만 아는 눈빛을 주고받고는 카푸치노를 준비한다. 가식인지 진심인지 이제는 나조차 구분이 안 되는 미소를 가득 머금고 우유 거품 가득 올린 카푸치노 한 잔을 승객 앞에 내려놓으며 마음속으로 외친다.

'기다려라 랜딩비어landing beer(승무원이 비행을 마치고 맥주 한잔 하는 것)! 우리는 오늘도 네가 절실하다.'

승객들이 긴 비행시간 동안 저마다 여유롭게 커피 한잔 음미하는 사이에 승무원은 여러 가지 일을 마무리하고 식사도 하고 다과도 한다. 사람들은 승무원이 기내에서 무얼 먹는지 궁금해한다. 매일 승객과 같은 음식을 먹는지, 다른 음식을 제공받는 것은 없는지 말이다.

승무원에게는 크루밀crew meal이 있다. 이는 크루가 먹는 식사와 주전부리들을 말한다. 대개는 캐서롤casserole이라 불리는 조그마한 네모 도시락으로, 단백질 한 덩이와 탄수화물, 삶은 채소의 조합이 들어 있다. 메뉴만 조금 달라질 뿐 승객에게 제공되는 식사와 동일하다. 예를 들어, 치킨과 쌀밥 혹은 소고기와 구운 감자 따위의 구성이다.

단, 파일럿은 기장과 부기장이 반드시 서로 다른 음식을 섭취하도록 되어 있다. 혹시 모를 배탈에 대비해 같은 음식을 섭취하는 것을 금한다. 둘 다 아픈 배를 움켜쥐고 화장실에 가야 하는 응급 상황은 그들만의 응급 상황이 아닌 심각한 비행 응급 상황이 되어버리기 때문이다.

그리고 비행시간에 따라 장거리 비행이라면 샌드위치, 과일과 샐러드, 시리얼, 초콜릿 바, 아이스크림, 인스턴트 컵라면 같은 간식이 함께 제공된다. 이 역시 한정된 공간에서 제공되는 서비스이기에 무엇이든 넉넉하게 실린다. 승객의 편의를 위해서는 넉넉하게 실어두어야 하는 것이 맞겠지만, 이 많은 음식이 착륙 이후 버려진다고 생각하면 늘 속상하고 마음이 아프다.

일반적으로 식사는 세 가지 옵션을 싣는다. 저녁 식사를 예로 들자면 치킨, 소고기 그리고 채식 옵션의 구성이다. 그러나 누가 무얼 선택하게 될지는 아무도 모르는 일이기에 그간의 노하우로 메뉴 구성의 비율을 정한다. 그럼에도 비즈니스 객실에서만큼은 승객이 원하는 음식을 제공받지 못할 경우 불만과 실망이 너무도 크기 때문에 이를 최소화하기 위해 두 배수 혹은 그 이상으로 음식이 실리는 경우가 많다.

승객 식사 서비스가 마무리되면 승무원은 비즈니스클래스에 제공되고 남은 식사를 먹기도 한다. 따라서 승무원들은 크루밀이라고 하는 승무원만의 식사가 따로 제공되기는 하지만, 상위 클래스에 제공되고 남은 음식을 주로 먹는다. 어차피 착륙하면 모두 쓰레기통으로 직행할 것들이기에.

식사 메뉴 이외에도 우리 항공사의 퍼스트클래스에는 항상 캐비아가 실린다. 앙증맞은 자개 숟가락과 작은 러시아 팬케이크인 블리니와 사우어 크림, 으깬 달걀과 다진 양파, 여기에 화룡점정으로 잘 칠링된 샴페인이 미슐랭 별 하나 내주어도 아깝지 않을 자태를 하고 하늘 위 식탁에 기품 넘치게 차려진다.

고가의 캐비아는 퍼스트클래스의 탑승자 인원에 딱 맞

추어 비행기에 실린다. 그리고 식사 서비스가 모두 마무리되어 착륙 직전이 되면 소비되지 않은 캐비아는 모두 우리 차지가 된다. 갤리에 모여 무슨 맛인지도 모르는 캐비아를 비싸고 귀하다는 이유로 열심히 일한 우리에게 서로 한 입씩 서빙한다.

한번은 영국의 유명 축구선수와 가수 커플이 가족과 함께 퍼스트클래스에 탑승했다. 이들은 캐비아를 먹겠다는 이야기도, 아이를 위해 준비해둔 특식인 차일드밀을 먹겠다는 이야기도 없었다. 그러다가 착륙 직전이었다.

- 캐비아 주세요.
- 지금… 말씀이신가요?
- 네, 지금 바로 캐비아만 주세요. 그리고 우리 아이들에게도 간단한 식사 부탁해요.

'과연 캐비아가 남아 있을까? 아이들의 간단한 식사는?'

재빠르게 일 잘하기로 소문난 크루들 덕에 갤리는 이미 깔끔하게 정리된 뒤였다. 당연히 캐비아도 아이들의 특식도 모두 사라지고 없었다. 고고한 눈빛의 그녀는 강하게 컴플레인했고, 사무장이 나서서 정중히 사과를 해야 했다.

비행이 끝나고 며칠 후, 그날 그 자리에 있던 승무원은 모두 회사로 불려가 소명을 하고 결국 징계를 받았다. 잠깐의 실수가 돌이킬 수 없는 징계를 불러왔고, 이 사건 이후 우리는 캐비아만은 절대 비행기에서 먹지 말자고 다짐했다. 이것만은 대체 가능한 것이 없기에 착륙 이후에도 우리 차지가 아니라고 서로에게 재차 각인시켰다. 크루에게는 넉넉하게 제공되는 크루밀이 있으니 맘 편히 먹고 즐겁게 비행하자며 서로를 다독였다. 우리에게는 크루밀이 있다고, 우리는 크루밀이 제일 맛있다고 말이다.

옥토버페스트가 아니어도
우리에겐 랜딩비어!

유럽 국가들을 여행하고 자주 방문하면서 각 나라들의 특성을 조금씩 이해하게 된다. '독일' 하면 우리 승무원들 사이에서 늘 하는 이야기가 있다. 독일제는 일단 믿고 쓴다는 것이다. 독일 농산품은 계절 별로 아스파라거스며 체리 등 온갖 신선한 과일과 채소가 착한 가격에 넘쳐나고, 공산품도 손톱깎이부터 럭셔리 승용차까지 그들이 만드는 물건은 모두 믿고 쓸 수 있다. 그래서 독일에 갈 때마다 에스프레소 커피머신을 사고 냄비와 부엌칼 세트를 사다 모으는 일이 관광의 즐거움을 대신했다.

한편으로 여행자에게 독일은 단연 전 세계인이 기억하는 맥주 축제 옥토버페스트Oktoberfest의 나라다. 옥토버페스트는 독일 뮌헨에서 처음 시작된 세계 최대 규모의 맥주 축제다. 흔히들 옥토버October라는 말 때문에 10월에 하는 축제라고 생각하지만, 옥토버페스트는 9월 마지막 주부터 10월 초까지 열린다. 날씨가 화창하고 바람도 싱그러워 축제를 즐기기에는 부족함이 없는 계절이다.

언젠가 크루 중에 옥토버페스트에 가겠다고 10월 스케줄에 뮌헨 비행을 엄청나게 신청해서 받았는데, 10월에 들어서자마자 축제가 끝이 났다는 안타까운 사연을 들은 적이 있다. 다시 한 번, 이른 10월 초가 아니고서는 옥토버페스트 여행을 계획했다가 낭패를 보기 십상이다. 유념하시길.

- 갈 거지?
- 당연하지.
- 어딜?
- 어디긴, 옥토버페스트지!
- 삼십 분? 한 시간?
- 우린 샤워하고 준비하는 데 한 시간은 필요하다고.
- 그럼 한 시간 뒤에 모두 로비에서.
- 오케이.

비행을 마치고 피곤한 기색도 없이 서로 눈빛을 교환한다. 이렇게 빛의 속도로 단합이 이루어져 레이오버layover(목적지에서 체류하고 오는 비행)를 즐기러 나가는 경우가 늘 있는 것은 아니다. 누구는 관광을, 또 다른 누구는 쇼핑을 간다거나 혹은 현지에 있는 친구를 만난다거나 중요한 약속이 있는 경우가 많아 거의 모든 크루가 함께 레이오버를 즐기는 일은 흔치 않다. 단, 이렇게 모두에게 익사이팅한 빅 이벤트가 있는 경우를 제외하고는.

바이에른 민속 의상을 차려입고 축제를 즐기는 이들이 수천 명은 되는 듯 보였다. 대낮부터 만취해 길에 누워 있는 사람들도 수두룩하다. 머지않아 우리 중 누군가에게 닥칠 일이라 생각하니 장난스런 웃음이 번진다. 술에 취해 홍청망청 행동해도 1년에 한 번쯤이라면 각자의 방식으로 축제를 즐기는 것도 그리 나쁘지는 않은 것 같다.

맥주를 한 잔씩 시키고 음식을 주문했다. 중동에 살고 있는 우리에게 돼지고기가 허락된 곳이라면 묻지도 따지지도 않고 바로 주문이다. 슈바인스학세, 포크벨리, 소시지, 슈니첼 등. 갑자기 허기가 진다. 일단 맥주로 목을 축이며 시작해보자.

오늘처럼 특별히 옥토버페스트라는 축제가 아니어도 크루에게는 '랜딩비어'가 있다. 지친 하루의 끝에 도착한 레이오버에서 크루들과 함께 호텔 근처 펍에서 즐기는 시원한 맥주 한잔! 이것이 랜딩비어다. 이 맛에 비행한다는 크루가 있을 정도로 랜딩비어는 행복 그 자체다.

아무리 사람 만나는 직업을 좋아하고 사람들과 부대끼는 것을 즐긴다 해도 하루 온종일, 때로는 반갑지 않은 이들에게까지 시달리다 보면 노동요와 노동주가 절실해진다. 그리하여 이 랜딩비어 한잔에 누군가에게는 사랑과 축복을, 또 다른 누군가에게는 저주와 악담을 퍼부으며 우리의 정신 건강도 다시 활기를 되찾는다.

승무원도 두 다리 쭉 뻗고 잠을 잡니다

- 너 왜 이렇게 맥을 못 추는 거야?
- 너무 졸려.
- 왜? 잠을 못 잤어?
- 나 사실 시험 보고 와서 잠을 하나도 못 잤어. 괜찮을 줄 알았는데 너무 힘드네.
- 무슨 시험을 봤다는 거야?
- 내가 준비해온 시험이 있어. 그리고 그 시험은 미국령에서 볼 수 있고.
- 캡틴한테 이야기하고 조종실 조수석에서 좀 자.
- 그래도 될까?
- 당연히 되지. 여기는 내가 책임질게. 걱정하지 말고 들어가.

이날은 열다섯 시간의 미국 휴스턴 비행이었다. 많은 사람들이 승무원은 장거리 비행 중 어디에서 휴식을 취하는지 궁금해한다. 좌석이 즐비한 객실과 부엌인 갤리 그리고 화장실(레버토리)을 제외하면 어느 곳에 어떠한 공간이 있는지 전혀 짐작되지 않는다. 그러나 조금 덩치가 큰 비행기 천장에는 승무원의 휴식을 보장하는 널찍한 침대칸이 자리하고 있다. 줄여서 벙커라고 부르기도 하는 '크루 레스트 벙커crew rest bunker'다. 이곳에서 승무원은 두 다리 쭉 뻗고 잠을 잔다.

비행기 앞과 뒤에 각기 조종사와 승무원을 위한 침대칸이 마련되어 있다. 비행시간에 맞춰 사무장이 그날의 레스트 시간을 조정한다. 두 개 조로 나누어 교대로 서너 시간가량 휴식을 취하고 돌아온다. 감사하게도 그날 비행의 나의 짝꿍 불가리안 동료는 천사였다. 장거리 비행에 주어지는 레스트에서 죽은 듯이 자고 돌아왔음에도 나는 여전히 맥을 못 추었다. 동료들에게 대강 자초지종을 설명하고 현재 만실인 크루 레스트 벙커 대신 조종실에 들어가 조종석 뒤 보조석에서 눈을 붙이는 반칙을 감행했다.

과거 은행에 다닐 때 업무상 필요에 의해 회계를 공부했다. 처음 접한 과목은 회계원리로, 실무에 도움되는 내용이 많아 꽤 흥미로웠다. '이왕 시작한 거 회계사 자격증을 취득해보면 어떨까' 하는 생각이 들었다. 당시는 외국계 금융권에서 근무하고 있었던 터라 국제 공인된 미국회계사 자격증에 도전해보는 것이 나에게 이로워 보였다. 처음과 시작이라는 흥분 때문일까. 신기하게도 시작은 순조로웠다.

승무원이 된 이후에도 시작한 공부를 중단하고 싶지 않아 계속 이어나갔다. 총 네 과목을 모두 합격해야 하는 시험으로, 세 과목의 시험을 합격하고 아직 한 과목의 시험이 남아 있었다. 시간이 될 때 미국으로 날아가 시험을 치러야 했다. 휴가를 써서 시험 보러 갈 수도 있었지만 비행을 유용하게 사용할 수도 있겠다 싶었다. 당시 휴스턴 비행은 레이오버(현지 체류)에 데이오프day off(쉬는 날)가 필수적으로 붙어 있는 유일한 미국 비행이었다.

'그래, 쉬는 날이 하루 더 있으니 휴스턴 비행을 가서 그때 시험을 봐야겠다.'

휴스턴 비행을 신청하고 그 날짜에 맞춰 시험을 신청하면 되는 것이었다. 다행히 내 비행 스케줄에 맞춰 시험이 예정되어 있었다.

도하에서 휴스턴까지 열다섯 시간이 넘는 긴 비행을 마치고 호텔 방에 도착하니 마음이 분주했다. 여느 때 같으면 유니폼을 하나씩 정리하며 씻고 잘까, 먹고 잘까, 먹고 잘 거면 나갈까, 룸서비스를 시켜 먹을까, 아니면 그냥 잘까를 엄청나게 고민하다가 결국엔 피곤을 이기지 못하고 잠들었을 텐데, 오늘은 쉽게 잠들 수가 없었다.

오늘: 휴식

내일: 총정리

모레: 오전 8시 시험, 오후 5시 픽업

모레 시험을 치르고 호텔로 돌아오면 오후 1시쯤 될 것이다. 그럼 웨이크업 콜까지 세 시간가량 쉬고 나서 비행을 준비하면 되겠다. 완벽하다. 때마침 룸서비스가 도착했다. 버거를 우걱우걱 씹어 물고 두툼한 감자튀김을 입에 쑤셔 넣으며 다시 한 번 계획을 점검했다. 일단 여기까지 나의 계획은 완벽해 보였다. 너무나도 미국스러운 이 저녁을 다 해치우고 나면 따뜻한 물에 샤워하고 푹신한 침대로 들어가 일찍 잠을 청하면 되는 것이었다.

다음 날은 꼼짝없이 호텔 방에서 시험을 준비했다. 그리고 도하로 돌아가는 날 아침 일찍 시험을 보러 호텔을 나섰다. 8시까지 도착하면 되었지만 초행길이니 조금 여유 있게 출발했다. 택시를 불러 시험장으로 향했다.

시험장에 도착해 수험표를 내밀고 가방을 뒤적여 여권을 찾았다. '여권이 어디 있지? 여권!' 여권은 크루 핸드백 안에 곱게 잠들어 있었다. '세상에, 말도 안 돼!' 잠시 숨을 고르고 되뇌었다. '침착해. 아직 시간이 있어.' 조금 일찍 시험장에 도착한 것이 천만다행이었다. 다시 급하게 택시를 불러 호텔로 돌아갔다.

나라는 인간은 이런 실수를 잘 하지 않는다고 자신했다. 언제나 잠들기 전에 다음 날 준비물과 입을 옷까지 정해두어야 안심이 됐다. 그런데 다른 것도 아닌 여권을 두고 시험장에 오다니. 식은땀이 흐르고 초조해졌다. 동동거리는 나에게 소울 충만한 흑인 택시 기사 아저씨는 걱정하지 말라며 연신 흑인 특유의 여유 넘치는 바이브를 뿜어내고 있었다. 오, 아저씨! 난 지금 정신이 아득해지고 있다고요.

> 돈 워리! 내가 너를 최대한 빨리 데려다주고 널 기다렸다가 다시 이곳에 데리고 오면 되잖아. 안 그래? 그러면 너는 그저 나에게 팁을 더 주면 되는 거야. 어때? 하하하, 걱정하지 마. 나만 믿으라고!

이 와중에 팁을 더 달라며 농담을 가장한 속내를 드러내는 영업의 달인 택시 아저씨의 말이 그다지 위로가 되진 않았지만 듣기 나쁘지 않았다. '팁은 원하는 만큼 드릴 테니 제발 좀 밟아주세요!' 나는 속으로 이렇게 외치며 "오케이, 오케이" 건성으로 대답하고는 정신을 놓지 않으려고 애를 썼다. 더 이상 당황하지 않고 차분하게 온전한 정신으로 시험장에 돌아가야 했다.

다행히 늦지 않게 시험장에 도착했다. 나의 타들어가는 마음과는 아랑곳없이 팁을 더 받을 거란 생각에 연신 기분이 좋은 아저씨는 기대에 가득 차서 흰자위가 유난히 도드라져 보이는 반짝이는 눈동자로 나를 바라보았다. 그래, 기분이다. 택시 요금의 절반을 더 얹어드렸다. 함박웃음을 머금은 두툼한 입술로 아저씨는 나를 축복했다. 팁이 내려준 오토 축복!

허허허, 아가씨. 행운을 빌어요. 갓블레슈!

이게 이렇게 좋을 일인가. 말도 안 되게 유쾌하고 긍정적인 아저씨 덕에 어처구니가 반쯤 없는 웃음이 식은땀과 함께 비죽비죽 흘러나왔다. 실성한 사람마냥 실실 웃으며 헐레벌떡 시험장 안으로 뛰어 들어갔다.

그렇게 한 고비를 넘겨 장장 네 시간에 걸친 시험을 보고 호텔로 돌아왔다. 학창 시절 경험한 바 있듯이 밤을 꼴딱 새워 시험 준비를 하고 시험이 끝나면 집에 돌아와 침대로 직행하리라 마음먹어도, 막상 집에 오면 아직 진정되지 않은 뇌와 심장이 잠을 자게 놔두지 않는다. 마찬가지로 시험을 마치고 호텔로 돌아왔지만 정신이 과하게 말똥말똥한 상태였다.

마침 점심때도 됐고 해서 잰걸음으로 호텔 앞 베트남 식당으로 향했다. 찰진 라이스페이퍼로 잘 감싸놓은 뚱뚱한 새우 스프링롤과 시원한 소고기 국물의 쌀국수 한 그릇을 시켜

뜨끈한 국물과 고기로 시장기를 없애고 나니 정신이 몽롱해지기 시작했다. 터덜터덜 호텔로 돌아오자 어느덧 웨이크업 콜이 코앞이다. 이제야 몸이 녹아내린다.

요란하고도 절망적인 웨이크업 소리에 정신이 번쩍 들었다. 몸을 질질 끌어 유니폼을 입히고 얼굴에는 녹아내리고 있는 나의 변장일지 모를 화장을 얹히고는, 내가 슈트케이스를 끄는지 슈트케이스가 나를 끄는지 알 수 없는 이끌림으로 호텔 로비로 내려갔다.

휴스턴에서 도하로 돌아오는 열다섯 시간의 비행은 내 개인적인 기록에 남을 최악의 비행이 되었다. 그 어떤 사건이나 사고가 없었음에도 수면 부족과 정신적 에너지 고갈로 인해 실제로 육체와 영혼이 분리되는 듯한 놀라운 경험을 했다.

그날 이후로 나는 다시는 레이오버 중에 머리 쓰는 일은 하지 않겠다고 다짐했다. 업무를 하는 데 있어 고용인이 돈이나 시간을 더 많이 주는 것은 다 그럴 만한 이유가 있는 법이다. 매뉴얼대로 해야 탈이 안 생긴다. 회사에서 쉬라고 주는 시간에는 쉬는 게 맞다. 나의 불찰로 몸과 마음이 탈탈 털리는 비행을 경험하고 나니 깨달음이 찾아왔다. 무엇보다 주어진 일에 감사하며 맡겨진 임무부터 잘해야겠다.

눈물을 훔치는 곳도, 셀카를 찍는 곳도, 쪽잠을 청하는 곳도 레버토리

어느덧 비행 10년 차 사무장이 됐지만 나에게도 주니어 시절이 있었다. 이코노미 객실에서 전투를 벌이는 에프투 승무원 시절. 상사에게 꾸지람을 듣고, 혹은 억울한 사건의 연루자가 되어 그 마음 달랠 길이 없어 하늘 길 위 화장실인 레버토리Lavatory에 혼자 조용히 문 잠그고 들어가기가 일쑤였다. 그러고는 변기 뚜껑 위에 앉아 눈물 콧물 훌쩍거리며 스스로를 위로하곤 했다.

그런가 하면 길고 긴 비행에 승객 대부분이 곤히 잠들고 나면 기내를 한 바퀴 두 바퀴 돌다가 화장실로 스윽 들어가기도 한다. '버건디 유니폼'(카타르항공 승무원 유니폼의 대표 색깔이 버건디다)을 입고서는 절대 손에 쥐어볼 수 없는 휴대전화를 들고 요리조리 유니폼 입은 모습을 셀카로 담아보기 위해서다.

태초에 조물주가 인간을 창조할 때는 낮에 일하고 밤에 휴식을 취하도록 만들어놓았다. 그런데 우리 승무원들은 밤새 일해야 하는 처지이다 보니 여간 힘든 게 아니다. 제아무리 "저는 올빼미족이에요"라고 말하는 이들도 새벽 미명에는 슬슬 잠자리에 들게 마련이다.

아침 5시에서 7시 사이가 가장 괴롭고 힘든 시간대다. 정말 자고 싶어서 미칠 것 같은 시각. 에스프레소를 머그잔에 들이켜고 기내를 사정없이 돌아다녀도 잠이 깰 기미가 보이지 않는다. 이때 내가 잘 쓰는 방법은 갤리에 턱을 괴고 서서 자는 것이다. 그것마저 효과가 없다면 최후의 수단이자 최애 방편은 바로 화장실, 기내 레버토리에서 쪽잠 자기다.

조금 시간이 걸릴 테지만 화장을 고치고 나온 것이라는 명분을 만들기 위해 반드시 핸드백을 가지고 화장실에 들어가야 한다. 화장실 변기 뚜껑을 닫고 그 위에 변기 커버를 여러 장 깔고는 핸드백을 끌어안고 쪽잠을 잔다. 딱하고 처량하게 들리겠지만 이것만한 꿀잠이 없다.

언제나 화려하고 아름다운 미소로 승객을 대하고 늘 초롱초롱한 눈빛으로 당당하게 공항과 기내를 활보하지만, 시차도 맞지 않고 밤을 꼴딱 새워야 하는 밤샘 비행에서는 달리 뾰족한 방법이 없다. 잠도 제대로 못 자고 일터에 불려온 우리는 모두가 잠든 새벽녘이 되면 당당과 초롱초롱은 온데간데없고 진정 잠과의 사투를 벌여야 한다.

누가 승무원 생활 중 가장 힘든 점이 무엇이냐고 묻는다면 나의 대답은 잠이다. 사람마다 다르겠지만 나에게는 단연코 잠이다. 평소에도 주로 밤에 잠을 자는 타입이라 낮에 잔다 해도 오래 자지 못하고 잠을 설치기 일쑤다.

사실 최고의 꿀잠은 길고 긴 비행의 끝 착륙하는 약 15분 동안 크루 점프싯Jump Seat(비행기 이착륙 시 승무원이 앉는 좌석)에서 일명 상모돌리기 시간이다. 이때는 정말 간절하게 자고 싶다. 그러나 이것만큼은 항공 안전 수칙상 용납되지 않는 절대 금기다. 많은 이들이 이 자리에서 졸음을 참지 못하고 잠에 빠져들었다가 징계의 나락에 빠지기도 한다.

화장실에서 아닌 척 눈물을 훔치고, 몰래 숨어서 반짝 쪽잠을 자고 나오는 생활이 어떨 때는 서럽기도 하다. 하지만 그런 생각도 잠시, 오늘도 용감무쌍한 나의 팀 멤버들과 새로운 대륙을 찾아 나서는 항해 대장처럼 나는 매일이 설레고 감사하다.

한참 어린 후배가 와서 묻는다.

- 선배님, 다음 생에도 승무원 하실 거예요?
- 당연하지. 근데 다음 생에는 조금 더 일찍 시작해서 오래오래 하고 싶어.

갤리 커튼이 닫히면 무슨 일이 일어날까?

비행기에는 갤리라 불리는 부엌이 있다. 식사 서비스를 준비하는 일터인 동시에 크루들의 쉼터이자 많은 일들이 일어나는 곳이다. 즐겁고 흥겨운 이야기는 물론이고 때론 불쾌하고 반갑지 않은 이야기와 사건도 벌어진다.

크루 둘이 커튼을 닫고 들어가 은밀하게 서로 뺨을 한 대씩 휘갈기며 싸우고는 조용히 나와 아무 일 없었다는 듯 일을 마쳤다는 이야기, 갤리 커튼을 닫아두고 크루들의 춤판이 벌어졌다는 이야기, 그리고 가장 흔하게는 사무장이 크루를 불러 상벌을 논하는 이야기도 있다.

그날의 사무장이 크루와 함께 갤리에 들어가 갤리 커튼이 닫히면 다른 크루는 모두 숨죽여 눈치를 보며 무슨 일이 일어나는지 촉각을 곤두세운다. 사무장이나 부사무장이 크루를 불러 유쾌하지 않은 이야기를 나누는 경우에는 반드시

제3자인 크루를 증인으로 동석한다. 그렇게 세 명이 갤리에 들어가 커튼이 닫히면 그곳은 아주 비밀스러운 공적公的인 공간이자 사적私的인 공간이 된다.

이코노미 객실 전체를 책임지는 부사무장으로 진급한 지 얼마 되지 않았을 때다. 보잉 B777 기종으로 보스턴을 가는 비행이었다. 이 기종은 이코노미 객실의 갤리가 객실 중간과 뒤에 두 개가 있다. 아르헨티나 국적의 크루를 객실 중간 갤리의 담당자인 미드갤리 매니저의 포지션에 넣어두었다. 사번으로 가늠해보니 이코노미 객실 승무원 경력이 꽤나 길다. 시니어 에프투다.

승진이 제때 이루어지지 못해 한 포지션에서 경력이 길어질 경우 관리자가 자연스레 갖게 되는 세 가지 편견이 있다. 첫째, 단순히 운이 좋지 못했을 가능성. 둘째, 태도 불량일 가능성. 셋째, 일을 정말 못하는 탓에 진급에서 누락되었을 것이라는 지레짐작. 단순히 운이 좋지 못했을 가능성을 제외하고 그이가 태도 불량이거나 일을 정말 못한다면 그날의 비행이 이 한 명으로 인해 굉장히 힘들어질 수 있다.

- 발레리아, 30분 전에 식사 서비스 준비를 마쳐달라고 양쪽 갤리에 전달했는데, 준비 다 됐나요?
- 아니, 그런 연락 못 받았어요.

- 그럴 리가. 내가 분명 아까 스케줄 표를 중간 갤리 벽에 붙여놓으면서 이야기했고, 뒤쪽 갤리 담당자 유카 역시 발레리아에게 전달했다고 하는데요.
- 그래요? 그런 연락 못 받았지만 지금 하면 되잖아요. 다그치지 말아요.
- 우선 업무를 준비해주세요.

(…)

- 발레리아, 식사는 했나요?
- 했어요. 왜죠?
- 좋아요. 잠시 대화 좀 할 수 있을까요?
- 오케이.
- 이쪽으로 들어와요. 크루 모두 나가고 갤리 커튼 좀 닫아주세요. 발레리아, 오늘 식사 서비스 시작에 무슨 일이 있었는지 알고 있나요?
- 서비스가 조금 늦게 시작된 것을 이야기하나요?
- 그래요. 오늘 우리는 중간 갤리 준비 지연으로 식사 서비스를 예정보다 30분이나 넘겨 시작했어요. 알고 있죠? 우리는 그 이야기를 할 거예요. 어떠한 상황이었는지 설명해주겠어요?
- 쥬, 나는 서비스를 그 시각까지 준비하라는 설명을 못 들었고, 아무도 나에게 이야기해주지 않았어요. 나한테 왜 이러는 거예요?

- 발레리아, 우리는 발레리아의 이야기를 하는 것이 아니라 상황에 대한 이야기를 하는 거예요. 나 역시 아까 스케줄 표를 벽에 붙이며 발레리아에게 이야기했고, 나는 오케이라는 대답을 들은 것으로 기억해요. 유카도 분명 발레리아에게 전달했다고 하는데, 그럼 유카가 거짓말을 하고 있나요?
- 무슨 말을 하는 거예요. 난 당신 이야기를 알아들을 수 없어요. 당신 영어를 쓰고 있는 게 맞긴 해요?
- …논점을 흐리지 말아요. 우리가 지금 어떤 언어로 대화하고 있죠?
- 당신은 영국인도 미국인도 아니고, 도대체 당신이 하는 말은 하나도 알아들을 수 없어요.
- 발레리아, 나는 당신 상사이고 또 한국인이지만 나의 영어는 아무 문제가 없어요.
- 웃기시네. 당신이 어떻게 부사무장이 되었는지 도무지 이해할 수가 없어.
- …발레리아, 지나치네요. 이런 식이면 나는 당신과 더 이상 대화할 수 없어요. 우리는 문제를 해결할 수 없고 이 사안을 오피스로 넘기는 수밖에 없어요. 그러길 원해요?
- 이봐요. 나는 서른여덟이에요! 나한테 이래라저래라 하지 말아요.
- 좋아요. 지금 이곳에서 당신 나이는 중요하지 않지만 당신이 강조한 바대로 어른답게 행동해줬으면 해요. 나는 당신

의 상사이고 상사로서 당신의 업무 능력에 대해 이야기하고 있어요. 발레리아, 이곳은 놀이터가 아닌 일터예요.

- 됐어. 당신 말은 듣고 싶지도 않아. 나는 당신이 내 상사라고 인정할 수 없다고!

발레리아는 갤리 커튼을 확 열어젖히고 나가버렸다. 동시에 갤리 앞에 붙어 있던 크루들은 깜깜한 부엌에서 갑작스런 손전등의 등장에 깜짝 놀란 바퀴벌레처럼 뿔뿔이 흩어져 객실로 사라졌다.

이런 하극상은 텔레비전에서도 본 적이 없다. 세상에, 남미의 센 언니들은 저러한가. 오만 가지 생각에 얼떨떨하며 수치심마저 들었다.

선배들에게 전해 들은 바에 따르면, 진급한 지 얼마 되지 않은 신입 부사무장은 간혹 태도 불량 초시니어 에프투의 먹잇감이 된다더니 오늘이 그날이었다. 비행기 내에서 해결되지 않은 문제는 크루 매니지먼트의 상벌 심의에 부쳐지고 나서야 끝이 난다. 심의에 부쳐진다는 것은 적어도 어느 한 쪽은 징계를 피할 수 없다는 말과 같다. 그렇기에 어느 누구도 심의에 부쳐지기를 원하진 않는다.

그날 그녀는 이후에도 내 눈앞에서 '유니폼을 입은 상태에서 전자기기를 사용할 수 없다'는 회사의 규정을 어기고 휴대전화를 꺼내 무언가를 확인하는 등 회사 지침에 어긋나는 행동을 서슴지 않았다. 마치 10대의 반항을 보여주듯 마구 폭주했다.

'아가씨, 내가 이 바닥 몇 년인데 그대의 마음을 모르겠나.' 나는 태연자약하게 그녀의 모든 행동을 기록했고, 그녀에게 이 모든 것이 오피스 상벌 심의에 올라갈 것임을 알리고 비행을 마무리했다.

며칠 후, 집에서 쉬고 있던 나는 예견했던 전화 한 통을 받았다. 중대한 결정을 위해 자세한 사실관계 확인이 필요하므로 오피스에 출석해줄 것을 요청받았다. 바로 옷을 갖춰 입고 회사로 향했다. 나의 상사 쉬루티는 보내준 보고서를 잘 받았다며 고마워했다. 덧붙여 사실 발레리아는 '요주의 인물'로 온갖 문제가 끊이지 않아서 회사에서도 그녀의 거취로 골머리를 앓던 중이라고 했다.

나도 주니어 에프투 크루 시절, 갤리 커튼 뒤에서 혼나기도 하고 자괴감에 시달리기도 했다. 그러나 그게 다였다. 상벌 심의에 부쳐지거나 상사와 따져 묻고 싸우는 일 따위는 없었다. 상대도 나도 모두가 공정했고 어른이었다. 진급한 이후로도 나는 언제나 '크루 퍼스트'를 외치며 너그럽지만 프로페셔널한 리더가 되고자 노력했고, 그러기 위해 내 행동 하나하나를 조심했다. 그녀가 징계를 받는 것을 원하는 것은 아니었으나 깨우침 없이 넘어가주기를 바라는 것도 아니었다.

나의 보고서와 사실관계 확인으로 그녀는 징계를 면치 못하게 되었다. 이 사건을 계기로 그녀가 조직과 사람을 소중히 여기며 새롭게 시작할 수 있었으면 좋았겠지만, 그간의 누적된 사건 사고로 회사는 그녀에게 더 이상의 기회를 허락하지 않았다.

흔히들 갤리 뒤 커튼이 닫히면 은밀한 사적인 공간이 된다고 생각한다. 하지만 여전히 공적인 그 공간에서 제멋대로 행동하다가는 영영 사적인 나만의 공간으로 떠밀려갈 수 있음을 잊지 말아야 한다.

마 살라마Ma'a Salama, 안녕히.

우리는 당신을
알고 있습니다

태양의 나라 스페인. 그중에서도 스페인 북동부의 카탈루냐 Catalunya 지방에 위치해 있으며, 천재 건축가 안토니 가우디 Antoni Gaudi가 먹여 살린다 해도 과언이 아닌 그의 인상적인 건축물과 아름다운 해변이 어우러진 도시 바르셀로나에 간다.

여름이면 하루에도 여러 편의 비행기가 바르셀로나로 향한다. 덕분에 우리의 레이오버도 데이오프가 포함된 긴 체류 기간이 주어진다. 날씨도 좋고 체류까지 길어 휴가나 다름없는 비행 덕에 신이 나서 일을 해도 그저 즐겁기만 하다.

오늘 내가 일하게 될 비즈니스클래스의 객실에는 승객이 많진 않았지만 VIP가 한 명 있었다. 드문드문 스페인 국적의 승객과 바르셀로나로 휴가를 떠나는 사람들 그리고 카타르 국적의 VIP. 그 역시 여름휴가 차 스페인으로 향한다고 했다.

VIP 대각선 앞으로는 한눈에도 젊고 아리따운 레바논 아가씨가 홀로 여행을 하고 있었다. 그녀는 정말 완벽한 몸매에 눈코입의 대칭이 조화로운 이목구비를 가진 매력적인 외모의 여성이었다. 여자들의 가십거리가 늘 그렇듯 그 아리따운 아가씨에 대해 우리는 이러쿵저러쿵 수다를 이어갔다.

튀니지안 동료 후다는 자신이 이 분야 전문가라며, 그녀가 분명 입술과 엉덩이에 보형물을 넣는 시술(혹은 수술)을 했을 것이라고 했다. 둔감한 나는 조금 전까지만 해도 그녀가 그저 예뻐 보였으나, 그 이야기를 들은 후에는 그녀의 얼굴에 드러난 완벽한 조화가 너무도 인위적으로 느껴졌다.

휴가에 흥을 돋우는 데 술이 빠질 수 없겠지. VIP가 레드와인을 손가락으로 가리키며 머그컵이 있냐고 물었다. 카타르 생활이 몇 년인데 그 정도 눈치야 이미 척하면 척이지. 머그컵 가득 레드와인을 따라 VIP에게 가져다주었다. 만석 비행이 아니기에 그의 옆자리는 비어 있었지만, 여전히 주변의 시선을 의식해 와인을 와인 잔에 마시지 못하고 머그컵에 마시고 있었다.

이슬람 율법상 자국민의 음주를 엄격히 금지하는 카타르에서 사실상 이런 행동은 이미 이들 사회에서는 암묵적 약속인 양 내가 비행기에서 만난 많은 이들이 이렇게 하고 있었다. 처음에는 모순덩어리라 생각했지만 이미 수차례 보아

온 터라 익숙해지기도 했고, 나 또한 보이는 것만 보고 누군가를 판단할 입장은 아니었다. VIP도 그럴 수 있다고 생각하며, 그저 적당히 즐겨주시기를 속으로 빌었다.

두어 시간 동안 나뿐 아니라 크루들도 돌아가며 여러 차례 VIP의 빈 잔을 채워주었다. 그리고 또 두어 시간쯤 지나자 VIP의 옆자리도 채워졌다. 다름 아닌 미모의 레바논 아가씨다. 무슨 이야기를 그리도 즐겁게 나누는지 대화를 나누는 내내 그 둘의 웃음소리가 끊이지 않았다.

아랍어를 알아들을 리 없는 나는 이 소식을 크루들에게 전했다. 옳다구나! 우리는 약속이라도 한 듯 우리의 아라빅 스피커 후다를 정탐꾼 자격으로 출격시켰다.

"저들이 무슨 이야기를 저리 즐겁게 하는지 알아보고 오렴."

엄청난 사명을 부여받은 후다는 우리에게 장난기 가득한 눈빛으로 뒤돌아 윙크를 해 보이며 캐빈으로 출동했다.

- 저 둘은 원래 아는 사이야.
- 진짜?
- 내가 분명히 들었어. 며칠 전에 그들이 같이 갔던 곳에서 만난 누군가에 대해 이야기하고 있더라고.
- 그럼 같이 여행하는 거 아니야?
- 기다려봐. 다음 행선지를 보면 되잖아.
- 둘 다 마요르카에 가는데? 우연이라기엔 필연적인 부분이

너무 많잖아!

- 오!

우리는 갤리 한구석에서 PIL Passenger Information List(승객 정보 리스트)을 한참 들여다보며 에스파냐 아라곤 왕국의 유물이라도 발견한 양 유난을 떨며 까르르 난리가 났다. PIL에는 좌석 번호별 승객의 이름과 성별, 목적지와 경유지까지 날짜와 함께 승객의 상세한 정보가 들어 있다. 사무장이 가지고 있는 태블릿 피시에는 국적과 여권 번호 등 승객의 여정에 대한 더욱 자세한 정보가 담겨 있다. 말도 안 되는 참견에 오지랖이었지만, 저들은 모르는 일이고 우리는 즐거웠다.

VIP는 계속해서 레드와인을 부탁했고, 레바논 그녀 역시 그의 옆에서 당당히 와인 잔을 들고 좋은 시간을 보내는 듯 보였다. 그들이 조금씩 술에 취해가자 우리 크루들도 그들과 함께 호기심에 취해갔다.

랜딩이다. VIP는 랜딩에 맞춰 옷을 갈아입기 위해 화장실로 향했다. 전 객실의 착륙 준비를 마치고 모두가 착석했다. VIP만 제외하고. 어찌된 일인지 VIP는 한참이 지나도 나오지 않았다. 기다리다 못해 화장실을 노크했다.

- 어서 나와주세요. 이제 랜딩입니다. 랜딩 준비를 위해 착석

해주셔야 해요. (…)

오, 드디어 나오셨군요. 그나저나 괜찮으세요? 아 유 오케이?(Are you okay?)

- 당연하지. 당신보다는!(Of course. Better than you!)

일반적으로 "괜찮으세요?Are you okay?"라는 질문에는 "네, 전 좋습니다I am good"라는 답변이 돌아오게 마련이다. 그런데 '굿good'이 아닌 '배러better'라니! 게다가 '당연히 너보다 더 낫다'라니. 당황스러움과 웃음을 간신히 참고 비틀비틀 걷는 VIP를 안전히 자리로 안내한 후 나도 내 자리로 돌아와 안전벨트를 맸다. 참았던 웃음이 미친 듯이 터져나왔다. 동료들이 물었다.

- 아 유 오케이?
- 당연하지. 너보다 낫다고 난!

거나하게 취해 눈이 풀리고 갈지자걸음을 걷는 VIP는 괜찮은 건 물론이고 나보다 훨씬 상태가 좋아 보였다. 모두가 정신없이 웃는 통에 랜딩 후에도 우리가 아직 하늘에 있는지 땅에 내렸는지 분간할 수 없을 지경이었다.

기분이 좋은 VIP는 더 이상 우리가 추리하는 수고를 덜어주려는 듯 레바논 아가씨와 함께 다정하게 비행기에서 내렸다. 잘 가요, VIP.

우리는 이후 돌아오는 비행 내내 서로의 '오케이'를 물으며 '내가 너보다 낫다'는 걸 과시했다.

- 너 괜찮아? 아 유 오케이?
- 당연하지. 너보다 낫다고!

눈 내리는 거리를
비키니 차림으로 활보할 수는 없잖아요

항공사 크루는 매달 정해진 시간표인 로스터를 받아 정해진 곳을 가지만, 그 로스터 중간중간 스탠바이가 숨어 있다. 스탠바이는 대기 상태를 의미하는 것으로, 집에서 대기하는 홈 스탠바이와 공항에서 대기하는 에어포트 스탠바이 두 가지가 있다. 로스터에는 어떤 종류의 스탠바이인지 그리고 몇 시부터 몇 시까지의 업무인지 시간이 표시된다.

우리 항공사에서는 하루 최장 네 시간의 에어포트 스탠바이와, 열 시간에서 길게는 4~5일 정도 되는 홈 스탠바이가 매달 한 번씩 주어진다. 정해진 시간 내에 부름을 받게 되면 최대한 빨리 비행에 출석해야 한다.

항공 운항이라는 것이 변덕이 심한 날씨와 대기 상태 혹은 비행기의 기술적인 문제들에 영향을 많이 받다 보니 운항이 연착되거나 취소될 경우 갑자기 새로운 스케줄이 생겨나기도 하고 재편되기도 한다. 따라서 항공사는 이와 같은 상황에 대비해 스탠바이 크루를 항상 예비해둔다.

스탠바이가 시작하기 전에 이미 스케줄이 바뀌어 있을 때도 있고, 스탠바이가 시작되고 나서야 전화 연락이 오기도 한다. '난 오늘 불리지 않을 거야'라며 늘어지게 자고 있다가 바쁘고 까다롭기로 악명 높은 구간의 만석 비행에 당첨되는 봉변(?)을 당하기라도 하는 날에는 마음의 준비도 없이 부리나케 운항센터로 향해야 한다.

스탠바이를 대하는 크루의 태도는 대개 두 가지다. 스탠바이 시작 정시에 맞춰 미리 머리, 화장, 유니폼까지 완벽하게 준비하고 전화기 앞에 앉아 있는 모범생 스타일과, 스탠바이 시작 정시에 알람을 맞추고 잠에서 깨는 일반적인 스타일이다. 평범한 나는 언제나 스탠바이 시작에 맞춰 알람을 설정하고 잠을 청한다. 물론 크루의 생활이 그러하듯 여행 가방만큼은 완벽하게 준비해두고 스탠바이를 맞이한다.

크루의 여행 가방은 일반인의 그것과 사뭇 다르다. 비행 생활의 경험을 통해 알게 된 것이 있다면 스탠바이에서 불려온 비행이 아니라 하더라도 목적지가 언제든 바뀔 수 있고, 내가 언제 어디를 가게 될지는 이륙 전까지 절대 확신할 수 없다는 것이다. 승객 보딩까지 모두 마치고 나서 갑자기 다른 비행에 차출되거나 당사자에게만 비행이 취소되어 대기

해야 하는 경우도 종종 생긴다. 비행기에 닿은 연결 사다리가 떨어지고, 기내 전체 문이 닫히기 전까지는 다른 곳으로 가게 될 가능성이 여전히 열려 있다.

- 헤이, 쥬. 어디 가?
- 캐나다 몬트리올.
- 아하! 몬트리올 좋지. 엇, 잠시만. 어제 우리 만났을 때 세이셸공화국에 간다고 하지 않았어?
- 맞아. 기억하는구나. 조금 전까지 그랬지. 그런데 방금 운항센터에 출근해서 체크인을 하는데 로스터 체인지 시그널이 뜨더니 세이셸이 몬트리올로 바뀌어 있더라고.
- 그래도 나쁘지 않잖아. 눈 내리는 몬트리올이 얼마나 운치 있고 아름다워! 체류 기간도 길어서 여유 있는 시간이 될 거야. 겨울에 눈도 없고 겨울답지도 않은 나라에 살고 있는 우리인데, 그곳에서 새하얀 눈이랑 매서운 찬바람이라도 맘껏 즐기고 돌아와.
- 음… 그렇지. 나도 정말 그러고 싶어. 근데 그거 알아? 나 슈트케이스에 비키니랑 민소매 원피스밖에 없다는 거.
- 오 마이 갓! 맞다, 세이셸공화국에 가는 거였지!
- 나 지금 체류 식사비 달랑 남은 통장 잔고로 옷 사 입을 돈도 없이 가는 길인데… 난 망한 거지?
- 하하하하하.

- 하아, 반드시 살아서 돌아올게.
- 하하, 오케이. 안전 비행!
- 응, 고마워. 너도!

아프리카 인도양 마다가스카르에 위치한 유명 휴양지인 세이셸공화국에 갈 것이라고 한껏 기대에 부푼 마음으로 비키니와 차양이 넓은 모자, 여름 원피스와 짧은 반바지를 잔뜩 챙겨 운항센터에 도착했지만 운항지가 캐나다 몬트리올로 바뀌어 있었다. 울고 떼써봐야 비행 스케줄을 관장하는 크루 컨트롤이 자신들에겐 하나의 운항지에 불과한 나의 환상의 섬 세이셸을 돌려줄 리 만무했다.

비키니 수영복과 민소매 원피스가 얄궂게 잠들어 있는 나의 슈트케이스와 함께, 나는 돌연 눈이 무릎까지 차오른다는 한겨울의 캐나다 몬트리올로 향하고 있었다. 평소 같았으면 '옷이야 아무렴 어때. 도착해서 사 입으면 되지' 생각하고 쿨하게 받아넘겼을 것이다. 그러나 가뭄에 단비를 기다리듯 월급이 들어올 날만 손꼽아 기다리던 나의 통장 잔고는 그곳에서 겨울옷을 사 입는 것은 불가능하다고 말하고 있었다.

비행기에서 비즈니스석 승객에게 주어지는 잠옷 세트를 긴급지원(?) 받아서 몬트리올 공항에 내렸다. 하얀 눈이 소복하게 쌓인 아름다운 몬트리올의 노트르담대성당을 볼 수 있는 기회를 통째로 날리고, 긴 바지 긴 소매 잠옷에 의지해 2박 3일을 꼬박 호텔 방 안에서만 지내야 했다.

이후 나의 슈트케이스는 혁명적인 변화를 단행했다. 속옷 가방에는 비키니와 운동복이, 평상복 가방에는 사계절을 커버할 수 있는 청바지와 스웨터 카디건, 그리고 여름 원피스를 상시 배치해두었다. 마지막으로 나의 서바이벌 키트인 사발면과 주전부리 가방까지 준비하고 나니 한눈에도 완벽했다.

혹서의 아프리카 밀림에서 혹한의 시베리아 툰드라까지 전 세계 어디로든 갈 수 있는 만반의 준비가 되었다. 그래, 이게 진정한 크루의 슈트케이스지. 실패의 경험과 학습 덕분에 평범한 크루의 비범한 슈트케이스가 완성되어가고 있다.

갤리FM을 아시나요?

도하에서 호주 멜버른까지 비행시간은 대략 열다섯 시간을 상회한다. 길고 긴 비행이지만 우리에게 휴식 시간이 주어진다는 사실이 안도감을 준다. 우리 항공사는 보잉 B777과 에어버스 A350 기종을 이용하여 장거리 비행을 다닌다. 북남미와 오세아니아가 주된 노선이다.

에프투인 나는 이코노미 객실의 보딩을 준비하고 승객들 맞을 준비를 한다. 이륙을 하고 첫 식사 서비스를 마치고 나면 드디어 휴식 시간이 찾아온다. 두 개 조로 나누어 잠자리에 들어간다. 네 시간 정도 휴식 시간이 주어지는데, 화장을 지우고 자면 일어나서 화장과 머리를 다시 해야 한다. 그러면 쉴 수 있는 시간이 줄어들겠지. 에라, 그냥 자야겠다.

한편 이렇게 긴 비행시간이 주어지면 우리는 갤리에서

쉬지 않고 갤리FM을 방송한다. 일명 수다 시간이다. 커피와 차를 한 잔씩 손에 들고 신이 나서 깔깔대며 이러쿵저러쿵 젊은이들의 신나는 이야기가 펼쳐진다.

그때 한껏 미소를 머금은 호주 여성이 우리에게 다가왔다.

- 뭐 필요한 거 있으세요?
- 물 한 잔 주시겠어요. 다들 즐거워 보이네요. 근데 국적이 모두 다른 것 같은데, 지금 어느 나라 언어로 이야기를 하고 있는 건가요?
- 영어요…!

우리는 서로의 얼굴을 쳐다보며 잠시 말이 없다가 자지러지게 웃었다. 오 마이 갓. 우리가 지금 쓰는 이 언어가 영어로 들리지 않는단 말인가. 그도 그럴 것이 세계 각국에서 온 우리들이 대화를 하고 있으면 각국의 악센트에 개인의 억양까지 더해져 나조차도 가끔은 이게 영어인지, 그들 나라 말인지 헷갈릴 때가 있다.

이 즐거운 갤리FM은 비행 내내 크루와 함께한다. 탑승과 이착륙 그리고 식사 시간을 제외하고 나면 특별한 일이 없는 한 나머지 비행시간은 크게 바쁠 일이 없다. 비행기와 승객 모두가 안전하게 무사히 잘 가고 있는지 객실을 자주 돌아보고 확인하고 필요한 것들을 적재적소에 채우는 소소한 일들이 이어진다. 그렇게 동료들끼리 돌아가며 객실을 확인하고는 갤리에 모여 식사도 하고 차도 마시며 수다 삼매경에 빠져든다.

갤리FM에는 세상의 온갖 주제가 쏟아진다. 전 세계 최신 뉴스는 말할 것도 없고, 회사와 크루에 관한 최신 루머, 거기에 업데이트까지! 학문적으로 정통한 전문가는 아니지만 모두가 어느 사안에서만큼은 준전문가나 다름없다.

즐거운 수다에 맛있는 다과가 빠질 수 없듯이 갤리FM에는 요리 코너도 이어진다. 비행기에는 '이것 다 아까워서 어쩌나' 싶을 만큼 많은 양의 음식이 넘쳐나 버려지기 일쑤다. 서비스 카트에 남아 있는 버터와 치즈, 초콜릿을 모두 골라낸다. 남아 있는 크루아상을 한데 모아 준비한다. 빵의 배를 갈라 버터와 설탕 혹은 초콜릿, 치즈를 꾸역꾸역 녀석의 배가 터지게 욱여넣고 오븐에 돌린다. 그러면 달달하고 담백한 빵 굽는 냄새가 갤리에 가득 퍼진다.

오븐에서 맛있는 냄새를 풍기며 오늘의 특식이 준비되는 동안, 한국인도 아닌 태국인 크루가 요즘은 달고나 커피가 유행이라며 종이컵을 줄줄이 늘어놓고 커피와 설탕을 정확하게 소분하여 크루에게 1인 1컵을 배당해준다. 그리고 빗잇Beat it! 팔이 빠져라 저어준다. 그 순간 지상 최대의 미션이 주어지면서 경쟁이 시작된다. 갑자기 모두가 얼굴이 벌겋게 상기될 정도로 혼신의 힘을 다해 젓고 있다.

고개를 들어 눈이 마주친다. 커피 한잔 마셔보겠다고 뜬금없이 최선의 노력을 다하는 자신의 모습에 서로 '빵' 하고 웃음보가 터진다. 완성된 달고나를 우유 위에 부어 그럴듯한 달고나 커피를 한 잔씩 만들어낸다. 미션 클리어! 언제나 즐겁고 유쾌한 갤리FM이다.

하지만 이 갤리FM에서도 금기는 존재한다. 바로 정치와 종교 그리고 돈에 관한 이야기다. 직장에서 혹은 처음 만난 사람과의 대화에서 이 세 가지는 주제가 되지 않게 하는 것이 예의이며, 마찰을 피할 수 있는 가장 손쉬운 방법이다.

언젠가 종교에 대한 이야기로 시끄러웠던 적이 있다. 특히 내가 근무하는 항공사는 이슬람 율법에 따라 운영되는 이슬람 항공사다 보니 돼지고기 및 그 부속물의 반입이나 섭취가 일체 금지된다. 술도 지정된 호텔이 아니고는 구경조차 할 수 없다.

- 우와, 이게 다 뭐야?
- 다 같이 나눠 먹으려고 사 왔어. 다들 이리 와. 같이 먹자.
- 압둘라, 넌 안 먹을 거야? 어서 와. 같이 먹어.
- 미안한데 그거 돼지고기 아니야? 이 항공사가 이슬람 항공사라는 사실을 잊은 거야? 그리고 난 무슬림이야.

- 잘 알고 있어. 넌 다른 것들 먹으면 되잖아. 왜 이렇게 촌스럽게 굴어?
- 뭐라고? 네가 어디서 무얼 먹든 상관없지만 나는 무슬림이고 이 항공사는 분명 이슬람 항공사야. 지금 이 비행기 안에서 할랄Halal이 아닌 음식은 어느 누구도 먹을 수 없어.
- 너 정말 앞뒤가 꽉 막힌 사람이구나. 서로 음식 좀 나눠 먹자고 나는 좋은 마음으로 너를 챙겼을 뿐이야. 그리고 이 항공사가 이슬람 항공사라는 것도 잘 알고 있어. 그렇지만 그들의 율법을 나한테 강요하는 건 웃긴 일이야. 무슨 이유로 돼지고기를 먹을 수 없다는 거야? 아주 웃긴 사람들이야. 그리고 나는 무슬림이 아니라고! 나는 내가 먹을 수 있고 먹고 싶은 건 모두 가져다 먹을 거야.
- 너 방금 뭐라고 했어? 웃긴 사람들? 지금 무슬림을 모욕하는 거야?
- 그래, 아주 웃기다고!

이 정도면 아주 극단적인 이야기다. 이 사건으로 인해 당사자들은 물론 많은 이들이 고초를 겪었다.

수많은 곳을 비행하다 보니 그 도시에서만 먹을 수 있는 맛난 음식들을 포장해 와서 도하로 돌아가는 비행기에서 갤리에 늘어놓고 함께 먹고 즐기는 경우가 종종 있다. 그날도 그런 날 중 하나였다. 크루들은 기본적으로 서로의 국적, 인종, 종교 및 성 정체성에 대한 다양성을 충분히 인정하고 배려할 줄 안다. 따라서 위와 같은 이야기는 아주 예외적인 사례라 할 수 있다.

크루 사회에는 정말 많은 다양성이 공존해 있다. 서로 다른 국적을 가진 전 세계 수많은 사람들이 모여 함께 일하는 곳이기에 꽤나 예민하고 다른 조직보다 더 많은 마찰이 생길 수도 있다. 그런 만큼 동료들끼리 서로 신뢰하고 협력하면서 다양성을 인정하고 배려할 줄 아는 자세가 다른 어느 곳보다 필요하다.

여전히 여기저기서 사소한 마찰들이 발견되지만 다행히 불쾌한 언쟁으로 이어지는 일은 극히 드물다. 그러나 그날의 사건으로 당사자 두 명과 함께 주위에 있던 모두가 상벌 심의를 받았다. 물론 당사자는 징계를 피할 수 없었다.

그날 이후 갤리FM과 함께하는 우리의 다과회에는 개인 도시락은 물론 그 어떤 외부 음식물도 '반입 금지'라는 빨간 딱지가 붙었다. 하루아침에 갑자기 자유를 빼앗긴 많은 크루들의 항의와 탄원으로 얼마 지나지 않아 그 빨간 딱지는 철회되었지만, 개인의 충동적이고 무책임하며 지각없는 언행이 조직에 어떠한 영향을 미치는지 여실히 깨닫게 해준 사건이었다.

온 가족이 즐기는 꿀 직원 티켓

- 아버지, 어디로 여행 가고 싶으세요?
- 글쎄다. 카사블랑카?
- 모로코 카사블랑카요?
- 우리가 젊었을 때 〈카사블랑카〉라는 영화가 있었어. 너희 엄마랑 연애하던 시절 그 영화를 보면서 그곳에 한번 가보고 싶다고 생각했지.
- 가요, 우리.

부모님과 함께 저 멀리 북아프리카 모로코의 카사블랑카로 간다. 마음만 있으면 훌쩍 어디로든 떠날 수 있는 축복받은 삶, 크루 라이프다.

승무원과 승무원의 직계가족에게는 직원 티켓이라는 실로 엄청난 혜택이 주어진다. 항공사 직원은 1년에 한 번 휴가에 맞춰 집에 갈 수 있는 무상 티켓이 주어진다. 집에 다녀오라고 주는 티켓이나 꼭 집이 아니어도 된다. 회사 취항지 어느 곳이든 다녀올 수 있는 티켓이다. 그 밖에도 본인과 직계가족에게는 티켓 가격의 10분의 1 혹은 5분의 1만 지불하면 구매할 수 있는 직원 티켓이 주어진다.

전 세계의 모든 항공사가 공통으로 서브로드subload(대기) 티켓이라고 부르는 이 직원 티켓은, 말 그대로 정원을 뜻하는 로드에서 채워지지 못한 좌석에 한해 저렴한 가격으로 직원과 그 가족에게 복지 개념으로 제공되는 티켓이다. 따라서 비행기 좌석을 저렴한 가격으로 이용할 수 있는 특권은 해당 비행 편에 빈 좌석이 있는 경우에만 해당된다. 예를 들어, 도하에서 파리를 비행하려고 할 때 해당 비행 편의 빈자리에 한해 서브로드 티켓 소지자가 탑승 가능하다.

이러한 주의사항과 제약이 있기는 하나 이게 웬 떡이란 말인가. 그야말로 꿀 혜택이다. 덧붙여 체류가 긴 비행이라도 주어진다면 저 멀리 고향에 계신 부모님을 다른 항공사의 서브로드 티켓을 이용해 비행하는 목적지로 초청해 회사에서 마련해준 호텔에 함께 묵으며 여행하는 시간을 가질 수도 있다. 언제든 어디로든 떠날 수 있고, 즐길 수 있다. 크루로 산다는 것은 무한한 축복이다. 이렇게 해서 나와 부모님 두 분까지 세 사람의 카사블랑카행 티켓을 예약해두고 부모님을 도하로 초청했다.

짧은 레이오버로 이미 카사블랑카에 여러 번 다녀온 적이 있다. 포르투갈어로 '하얀 집'이라는 뜻의 카사블랑카. 도시 이름이 예쁘다. 15세기 포르투갈인들이 이 지역을 군사적 요새로 사용하려고 이름 붙인 것이 카사블랑카의 기원이 되었다고 한다.

카사블랑카는 로맨틱한 영화에 어울릴 법한 이름처럼 낭만적이지는 않지만, 상업적으로 그리고 경제적으로 모로코에서 중요한 도시다. 모로코에서는 카사블랑카보다 마라케시Marrakech, 페스Fes, 탕헤르Tangier, 셰프샤우엔Chefchaouen 등의 도시들이 더 매력 있고 관광도시로서 인기가 높다. 부모님과는 카사블랑카를 거쳐 이 도시들을 방문하기로 했다.

모로코 카사블랑카에 도착했다. 부모님은 서로 영화 이야기를 나누며 드디어 카사블랑카에 온 것을 감격스러워했다. 문득 잉그리드 버그만과 험프리 보가트 주연의 영화 〈카사블랑카〉(1942)가 궁금해진다. 우리 부모님 세대에는 '카사블랑카'라는 이국적이고 아름다운 이름 때문에 많은 이들이 환상적인 느낌을 가지고 영화를 본 듯하다.

가까운 모로코 친구에게 모로코 전통 가옥인 리야드Riad에서 묵는 것을 추천받았다. 좁은 골목을 지나 그리 크지도 작지도 않은 소박한 대문을 열고 안으로 들어섰다. 그러자 사면이 건물로 둘러싸여 있고 위로는 시원하게 뻥 뚫린 하늘과 맞닿은 중정이 시야에 들어왔다. 높고 파아란 하늘에서 밝은 햇살이 쏟아져 내려, 중정 한가운데 자리한 형형색색의 모로코 전통 문양으로 아름답게 장식된 분수대를 비추었다. 화려한 모로코 전통 장식품들과 햇살 그리고 살랑이는 바람이 환상적인 분위기를 연출했다.

이곳 모로코에서는 언제나 투명한 유리컵에 민트를 가득 채운 향긋하고 달콤한 모로칸 민트티로 아침을 시작한다. 프레시한 향과 어우러지는 달달한 끝맛은 중독성이 강해 한 번 빠지면 헤어나오기 힘들다. 신선한 달걀과 치즈, 직접 만든 마멀레이드 잼 그리고 꿀. 모로코 리야드의 중정 한 켠에서 맞이하는 풍성한 아침상은 황홀하기 그지없었다.

모로코의 유명한 도시들 가운데 내가 사랑에 빠진 도시는 바로 탕헤르다. 지브롤터해협을 사이에 두고 유럽과 북아프리카를 잇는 북아프리카의 관문 도시이자, 파울로 코엘료의 소설《연금술사》의 배경이 된 도시이기도 하다.

탕헤르에서는 해안 근처의 리야드를 숙소로 정했다. 4층으로 된 전통 리야드의 계단을 하나하나 밟아 옥상에 올라서자 짙은 푸른빛으로 물든 지브롤터해협은 물론이고 저 멀리 스페인 땅까지 모든 것이 한눈에 들어왔다. 리야드의 허름한 외관을 무색하게 만든 고급스런 인테리어와 건물 옥상에서 펼쳐진 자연이 주는 경관까지 눈앞의 모든 것이 비현실적으로 아름다웠다.

리야드의 옥상에서 마주한 이 그림 같은 장면 하나로 나는 곧바로 이 도시와 사랑에 빠졌다. 붉게 타오르다 지는 태양을 새벽이면 또 어김없이 뱉어내는 이 파란 바다는 이제껏 봐온 그 어떤 바다와도 전혀 다른 느낌이었다. 바라만 보고 있어도 마음이 따뜻해졌다.

무엇보다 이곳 옥상에서 아침 식사를 할 수 있다는 게 가장 좋았다. 이렇게 따뜻한 장면을 앞에 두고 하는 아침은 두말할 나위 없이 '천국의 맛'이었다. 갓 삶아 나온 따뜻한 달걀은 소금이 따로 필요 없었고, 막 짜낸 오렌지 주스는 마치 설탕물 같았다. 감격스러워하는 나를 뿌듯하게 바라보면서 민트티를 따라주는 선한 얼굴의 모로코 아저씨까지 그 모든 것이 완벽했다.

'아, 나 그냥 여기서 살면 안 될까.'

탕헤르의 중심가인 메디나Medina를 둘러보고 나서 다음 행선지인 아실라Asilah로 향했다. 아실라는 전 세계의 예술가들이 찾아오는 벽화마을로, 스페인의 영향을 많이 받았다는 것을 곳곳에서 확인할 수 있었다. 우리는 파랗고 하얀 건물들에 벽화로 둘러쳐진 작은 마을을 한 바퀴 돌아보고 근처 식당에 들어섰다.

먼저 스페인식 쌀요리인 빠에야Paella를 시켰다. 아실라에서 먹는 치킨 빠에야는 모로코 전통 음식인 쿠스쿠스couscous에서 알갱이만 쌀알로 교체한 치킨 쿠스쿠스 같기도 했다. 속을 든든히 채운 뒤 다음 목적지인 페스로 향했다.

페스는 탕헤르와 마라케시 중간 즈음의 북부 내륙에 위치하고 있어 마라케시로 가는 길에 잠시 들렀다. 페스에는 지금도 전통 방식으로 염색을 하는 유명한 가죽 염색터가 남아 있었다.

특히 페스의 메디나는 유네스코 세계문화유산으로 등재되어 있을 만큼 유명한데, 그 명성에 걸맞게 완벽한 미로를 형성한 협소한 골목을 따라 형형색색의 수공예품으로 화려하게 치장한 상점들과 한가득 짐을 짊어진 노새, 그리고 가끔 눈살을 찌푸리게 만드는 열정적인 호객꾼이 한데 어우러져 그들만의 개성 넘치는 바이브를 뿜어내고 있었다.

마라케시는 모로코 남서부에 위치한 도시로, 아틀라스 산맥으로 둘러싸여 있으며 붉은 모래와 돌이 많아 '레드 시티red city'라고도 불린다. 마라케시는 1960년대부터 히피들의 메카로 널리 알려지면서 많은 유명 인사들의 사랑을 받았다. 도시 중앙에는 제마 엘프나 광장Jemaa el-Fna square이 위치해 있고, 이곳의 올드타운과 더불어 유네스코 세계문화유산으로도 등재되어 있다.

광장은 이른 아침부터 많은 사람들로 북적북적 활기가 넘쳤다. 광장에서부터 이어진 시장에는 모로코 전통 의상인 젤라바Djellaba와 가죽신이 알록달록 사랑스럽게 진열되어 있다. 모로코인들은 예술적 감각, 특히 색감이 무척 뛰어나다. 화려한 문양과 과감한 색상의 조합은 나 같은 이방인들의 눈길을 사로잡기에 충분했다.

골목골목 이어진 좁다란 길을 걷다 보면 독특한 장식품과 장신구는 물론 다양한 먹거리와 향료들이 그득그득하다. 모로코의 특산품인 올리브 오일과 아르간 오일을 비롯해 탐스러운 과일과 채소들이 한자리에 모여 진짜 광을 낸다. 저 아름다운 빛을 그냥 지나칠 수 없어 우리 돈 1,500원에 한 봉지 가득 자두를 받아 들었다. 천혜의 자연이 주는 선물이라는 말이 딱 어울렸다. 이렇게 달고 향기로운 과일은 먹어본 적이 없다.

아침을 든든하게 먹고 나왔음에도 금세 허기가 져 시장 구석에 자리한 허름한 식당에 들어섰다. 타진tagine과 쿠스쿠스를 주문했다. 비프 타진은 모로코 전통 향신료에 잘 재운 갈비찜 같았고, 부드러운 닭고기와 올리브가 잔뜩 올라간 좁쌀 모양의 쿠스쿠스는 모양도 맛도 곡물인 조 같았으나 알고 보니 단단한 밀을 으깨서 만든 작은 알갱이라고 한다.

식사를 마치고 모로코 쿠키와 민트티로 입가심을 했다. 아몬드 가루로 속을 가득 채운 모로코 쿠키 또한 별미 중의 별미였다. 주전부리를 좋아해 많은 도시를 여행하며 온갖 것들을 먹어봤지만, 담백하면서도 달짝지근한 이런 과자는 먹어본 적이 없다. 약과 같기도, 마카롱 같기도 했다.

이곳은 마치 눈에 밟히는 모든 것이 새롭고 신비한 놀이동산 같다. 시장에 모인 수많은 상인과 호객꾼, 구경꾼, 그리고 각양각색의 상품과 먹거리들이 뿜어내는 매력은 마력 그 이상이다. 이래서 시장을 사랑하지 않을 수 없다.

모로코는 같은 듯 다른 매력을 가진 도시들로 이루어진, 한마디로 종합선물세트 같은 나라다. 아직까지는 대부분의 도시들이 전통의 모습을 간직하고 있지만, 상업 중심지인 카사블랑카나 수도 라바트는 신식 도시를 꿈꾸고 있다.

반면 하루가 멀다 하고 엄청난 기술력으로 사막의 메트로폴리탄 시티임을 자부하는 카타르 도하. 그곳에 살고 있는 나로서는 옛적 모습을 그대로 간직한 모로코의 도시들이 한층 더 정겹게 느껴지는 게 사실이다. 동시에 수려한 문화유산을 간직한 전통 도시나, 최신식 테크놀로지를 자랑하는 신식 도시나 우리가 살아가는 모습은 크게 다르지 않음을 다시금 깨닫는다.

웃음과 눈물과 땀과 열정이 한자리에 어우러져 있는 그들의 하루가 우리의 하루처럼 천천히 지나가고 있었다.

전례 없는
장기 무급휴가를 받다

승무원이 되기로 결심하며 마음에 새겨둔 이 직업의 장점 중에는 쉬는 날이 많고 그 시간을 잘 활용해 공부도 할 수 있을 것이라는 기대가 있었다. 이제는 크루 생활도 차츰 적응이 되면서 수면이나 생활 패턴을 그때그때 조절할 수 있게 되었다. 게다가 쉬는 날 늘어지게 자야지만 피로가 회복되는 일도 차차 줄어들었다.

쉬는 날 가방을 챙겨 카타르대학 도서관에 갔다. 카타르대학은 카타르의 국립대학으로, 도서관이 남녀로 분리되어 있고 여학생의 비율이 유난히 높아 보였다. 도서관이 분리되어 있다면 수업도 분리하여 듣고, 토론도 발표도 모두 따로 하는 것인지 의문이 생겼다.

나중에 알게 된 사실은, 카타르의 남학생은 해외로 유학을 가는 경우가 많은 데 반해 여학생은 혼자 유학을 떠나는 것이 종교적·문화적으로 받아들여지지 않아 카타르에 남아 학업을 지속하는 것밖에는 선택의 여지가 없다고 한다. 그런 여학생을 배려한 것인지 카타르에는 카타르대학뿐만 아니라 해외 유명 대학의 캠퍼스가 많이 유치되어 있었다.

이런 이유로 학교에 상대적으로 여학생 비중이 높았겠지만, 어찌되었건 지금 내가 앉아 있는 이곳은 여학생 도서관으로, 여학생만 가득 보이는 것이 당연했다.

한편 얼마 뒤에 찾은 어느 이름 있는 미국 대학의 카타르 캠퍼스에서는 미국의 자유로운 분위기를 느낄 수 있었다. 도서관은 남녀 구분 없이 쾌적했고, 모두가 열심히 책을 읽고 무언가를 적어 내려가고 있었다. 카타르대학에서 남녀가 구별된 도서관을 보고 의아했던 것과 달리 이곳에서는 남녀가 구분 없이 강의를 듣고 토론도 주고받았다.

도서관 한 켠에 야무지게 자리를 잡고 책을 폈다. 몇 분 지나지 않아 스르륵 눈꺼풀이 내려왔다. 내 이럴 줄 알았다. 아무리 잘 쉬고 온 날이라도 비행을 하며 공부를 한다는 것이 체력적으로 쉽지 않았다. 야심 차게 계획을 세우고 일찌감치 도서관 상석에 자리를 잡고 앉아도 책을 펴고 펜만 손에 쥐면 몇 분 지나지 않아 눈꺼풀이 심하게 요동치며 아래로 내려왔다.

어떻게 해야 효과적으로 일과 공부를 병행할 수 있을까. 머리를 쥐어짜도 답이 나오지 않았다. 답이 나오지 않을 때는 한 가지 방법뿐이다. 그냥 하는 것. 답이 없을 때 내가 찾은 해결책은 지금 당장 그 답을 찾으려 애쓰기보다는 하던 것을 멈추지 않고 계속하는 것이다. 최종 목적지에 도달하는 효과적인 방법은 찾지 못했지만 어쨌든 목적지는 알고 있으니까. 그렇게 묵묵히 목표 지점을 향해 정진하다 보면 어느 순간 느닷없이 내 옆에 답이 내려앉아 있을 때가 있다.

쉬는 날 틈틈이 공부하다가 다가오는 휴가 일정에 맞추어 미국 텍사스에 살고 있는 이와이의 집에서 지내며 회계사 시험을 보기로 했다. 시험 날짜를 확정하고 긴장되는 마음으로 휴스턴행 비행기에 올랐다. 공부 양이 부족해서 걱정이 앞섰지만, 비행을 하면서도 포기하지 않고 처음에 계획했던 것들을 차근히 실행해나가고 있다는 것에 우선 만족하기로 했다.

첫 휴가 15일을 모두 털어 시험에 투자했지만 결과는 낙방. 조금 더 구체적인 대안이 필요하겠다는 자극이 생겼다. 비행과 학업을 병행한다는 것이 처음에 계획하고 다짐했던 것처럼 쉬운 일은 아니었다.

승무원이 되고 나서 더 이상 정해진 시간에 출퇴근하지 않아도 된다는 생각에 예전보다 내 시간을 잘 활용할 수 있을 것이란 기대가 있었다. 그러나 환경의 우호적 변화에도 불구하고 어떠한 일이든 시도해보지 않은 것들 혹은 첫 시도에는 원하는 지점까지 도달할 수 있는 근력이 절대적으로 부족한 경우가 많은 법이다.

무엇보다 근력을 늘리는 일이 중요했다. 공부는 머리가 아닌 엉덩이가 하는 것이라고 하지 않나. 우선 오래 앉아 버티는 연습을 했다. 한 시간에도 몇 번씩 엉덩이가 들썩이는 것을 처음부터 한 번에 두세 시간씩 의자에 묶어두기란 쉽지 않았다. 그래도 불가능은 없기에 조금씩 시간을 늘려가며 몸으로 체득해나갔다.

다시 한 번 짧은 휴가에 맞춰 시험을 보고 왔으나 또다시 낙방이었다. 조금만 더 하면 될 것 같은데 절대적인 공부의 양이 부족한 것이 안타까웠다.

사실 승무원이 되겠다고 마음먹으면서 따로 세워둔 계획이 있다. 2년 동안 신나게 세계 여행을 하고 틈틈이 공부하면서 다시 금융권으로 돌아가는 것이었다. 하지만 처음 세운 계획을 다 이루지도 못했는데 돌아가긴 어디로 돌아간단 말인가. 이제 2년이 지나가는데, 여행도 쉼도 충분히 즐겼는데, 정작 공부를 하지 못한 것이 나를 또다시 찌질하게 만들었다.

이 찌질한 기분은 말 그대로 나를 찌질하게 만들었지만, 동시에 기필코 목표를 이루고야 말겠다는 동력이 되어주었다. 지난 몇 년간 나는 내 자신이 일과 학업을 병행하며 성과를 낼 수 있는 특출한 직장인이 아님을 충분히 깨달았다. 이제 이 시험을 마무리할 진짜 대안이 필요했다.

- 사직하겠습니다.
- 승진한 지 얼마 되지 않았는데, 회사를 그만두는 이유가 뭐죠?
- 계획해오던 시험이 있었는데 비행을 하며 휴가를 이용해 여러 번 시도해보았지만 여의치 않아 직장을 그만두고서라도 본격적으로 마무리해보려고 합니다.
- 학업을 위해서 사직을 하겠다는 건가요? 그런 경우라면 장기 무급휴가를 신청해보는 것이 어떨까요. 시간이 얼마나 필요할 것 같은가요?
- 6~8개월이면 좋을 것 같은데요.

나는 그렇게 8개월의 무급휴가를 받았다. 전례 없는 장기 무급휴가에 나도 동료들도 의아하게 생각했고, 비법(?)을 전수해달라는 이들도 있었다. 그렇게 6개월을 핸드폰도 인간관계도 단절한 채 책과 씨름하며 지냈다. 내가 나에게 찌질해지지 않기 위해서, 나에게 당당해지기 위해서, 나와의 약속을 지키기 위해서 최선을 다했다.

나에게는 굳은 믿음이 하나 있다. 나와의 약속을 지키는 사람은 그 누구와의 약속도 지킬 것이라는 믿음. 나에게 책임을 지는 자는 그 어떤 일에도 책임을 질 줄 아는 사람이라는 믿음이 바로 그것이다.

6개월이 흐른 뒤, 시험 차 들른 하와이로 텍사스에 사는 이와이가 찾아왔다. 그리고 하와이에 거주하고 계신 이와이 아버지의 은인인 미국인 할아버지 할머니 커플과 함께 점심 식사를 할 기회를 가졌다. 이와이가 어린 시절, 아버지가 하와이에서 유학 생활을 할 때 많은 도움을 주신 분이라 했다. 두 분은 가난한 유학생과 그 가족을 집에 자주 초대해 식사 대접을 했고, 그렇게 도움을 받은 학생들 가운데 하나가 이와이의 아버지였다.

할아버지는 큰 키에 온화한 인상을 가진 호인이었다. 여든을 넘긴 어느 날 허리가 굽어 더 이상 펼 수 없게 되었다는 말씀을 하시며, 할아버지는 굽은 등으로 어렵게 걸음을 옮기면서 이제는 하루에 한 번 식사하러 외출하는 것이 그날의 큰 이벤트라고 말씀하셨다.

식사를 하는 동안 수많은 진귀한 추억 속에서 꼬마 이와이를 더듬어 기억해내셨고, 그 개구진 꼬마 이와이와 어느덧 아름다운 아가씨가 된 이와이를 함께 마주하는 할아버지의 얼굴에는 시간의 흐름이 믿기지 않는다는 듯 놀라움과 이와이를 향한 따뜻함이 배어나왔다.

- 너희들 몇 살이니?
- 서른넷이요.
- 여섯 살 꼬마가 벌써 서른네 살이 되었구나. 너희는 아직 잘 모르겠지만 시간은 정말 빨리 흐른단다. 나도 내가 언제 여든을 넘겼는지 놀랍기만 하단다. 그리고 이제는 내 생의 마감을 준비해야 한다는 것도 느끼지. 지금 그 모습에 감사하면서 나누며 기쁘게 살아가거라. 인생은 그리 길지 않단다.

가슴 가득히 깊은 울림이 찾아왔다. 때로 우리는 예기치 못한 곳에서 인생의 진리를 만난다. 우리의 선배가 들려주는 인생 이야기, 인생은 그리 길지 않기에 현재에 감사하며 나의 것을 나누면서 즐겁게 살아가야 한다는 말씀은 지금의 나를 돌아보게끔 해주었다. 그러고 보니 나도 어느덧 나의 스무 살이 어제처럼 느껴지는 서른넷이 되어 있었다.

우리는 인생이라는 여정의 마디마다 수많은 사람을 스치고 만난다. 그들은 모두가 자신만의 이야기를 가지고 있고, 그 메시지는 저마다 소중한 가치가 있다. 당시에는 나를 죽일 것 같은 일들이 결국은 나를 더욱 강하게 만드는 백신 같은 존재였음을 시간이 흐르고 나서야 조금씩 알게 된다. 아름다움은 아름다운 대로, 추한 것은 내 안에서 한 껍질 허물을 벗고 다시금 가르침으로 새겨진다.

8개월의 무급휴가를 마치고 회사에 복귀했다. 이제 시험은 한 과목만이 남았다. 업무와 시험공부를 병행하며 휴스턴 비행 때 남은 한 과목 시험에 응시했으나 결과는 안타깝게도 낙방. 정말 마지막이다 생각하고 쉬는 날을 모아 다시 한 번 시험을 치렀다. 부디 이번이 진짜 마지막이길!

몇 개월 뒤 이메일을 한 통 받았다. 떨리는 마음으로 내용을 확인했다. 합격이다. 가슴 벅찬 감동이었다. 사회초년생 시절 은행에 다니며 공부를 시작하고, 중동 카타르의 승무원이 되고 나서도 '나에게 찌질해지지 않겠다'는 나와의 약속 하나로 다시 시작한 공부가 드디어 결실을 맺었다.

모든 것이 감사했다. 포기하지 않고 믿고 노력하면 언젠가 반드시 이루게 된다는 사실은 역시 틀리지 않았다.

잘리기 전에 때려치우고 말 거야!

우리 항공사는 런던 비행이 잦다. 게다가 런던 비행은 무지하게 바쁘고 승객 컴플레인이 많기로 악명 높다. 특히 우리를 긴장하게 하는 QR001편은 런던 비행의 명성을 높여준 일등 공신이다. 언뜻 이해가 가지 않는다. 신사의 나라 영국이 아닌가. 그런데 어찌하여 컴플레인이 이리 많은 걸까.

한때 영국 런던과 버밍엄에서 몇 달간 영국항공British Airways을 대신해 근무한 적이 있다. 내가 본 영국항공의 승무원은 그 어떤 컴플레인에도 쿨하고 차분했다. 4만 피트 상공에서 없는 건 없는 거고, 안 되는 건 안 되는 것이었다.

공식적인 수치는 알 수 없지만 적어도 현장에서의 경험을 바탕으로 보면, '영국-카타르 도하' 구간과 '영국-인도 델리' 구간 노선을 비교할 때 영국항공의 이름으로 운항된 '영국-인도 델리' 간 컴플레인이 상대적으로 적었다. 두 개 노선의 승객은 서로 조금도 다르지 않은 영국인들이었다. 이 경험으로 미루어 추측해보면 답은 간단하다. 항공 안전 교육에서 배운 '화재의 트라이앵글'을 떠올리면 된다.

연료, 산소, 열

불은 이 세 가지가 충족되어야만 타오른다. 반대로 세 가지 중 하나라도 부재하면 불은 자연스레 진화된다. 열을 잔뜩 받아 씩씩대며 기내의 산소를 온몸으로 들이마시는 승객에게 연료까지 제공해준다면 기다렸다는 듯 활활 타오르게 된다.

영국항공 승객들은 경험적으로 알고 있었다. 그곳에서는 아무리 열을 내고 산소를 들이마셔봐야 어떤 연료도 제공되지 않는다는 것을. 그러나 다른 곳(항공)에서는 완벽하게 타오를 수 있도록 충분한 연료를 제공해주기에 이곳에선 내 한 몸 제대로 불사를 수 있다는 것을 너무나 잘 알고 있다. 그것도 내가 만족할 만한 보상을 제공받을 때까지!

나 또한 때에 따라 재화나 서비스의 제공자가 되기도 하고 소비자가 되기도 하지만, 소비자들은 참 똑똑하다.

오늘의 도하발 런던행은 자정에 출발하여 이른 아침에 도착하는 밤샘 비행의 일등석 근무다. 퍼스트클래스 객실의 자리는 여덟 명이 전체 정원이다. 그날은 정원의 절반인 네 명의 승객이 탑승했다. 카타르인 한 명과 영국인 세 명. 1A에 앉은 승객은 50대로 보이는 건장한 체격의 카타르 남자였다. 여느 때와 다름없이 인사를 건네고 어느 누구에게나 다름없는 태도로 그를 대했다. 이륙 후 바로 이어진 첫 식사 서비스를 마치고 나자 그가 잠을 청하려고 하기에, 도착 직전의 아침 식사 서비스에 대해 잠깐 이야기를 나눴다.

- 착륙 전에 아침 식사 하시겠습니까?
- 네, 아침 식사는 언제 할 수 있죠?
- 아침 식사는 원하는 시간 언제든 가능합니다만, 착륙 30분 전까지 전 기내의 착륙 준비가 마무리되어야 하기에 식사는 조금 일찍 시작하시는 것이 좋습니다. 전체 비행시간은 6시간 28분이며, 런던 현지 시각으로 아침 7시 랜딩 예정입니다. 저녁 식사를 마치신 지금 시각에서 도착까지는 5시간이 남아 있습니다.
- 식사 시간은 한 시간이면 될 듯하네요.
- 착륙 준비 한 시간 전인 5시 30분에 깨워드리면 될까요?
- 그렇게 해주세요.

그가 취침 준비로 화장실을 이용하는 사이 일등석 좌석의 변신이 시작됐다. 꼿꼿하게 세워져 있던 의자를 버튼 하나로 수평으로 뻗은 널찍한 침대로 변신시키고는 하얀 리넨 이불을 깔고 포근한 담요를 덮어 준비하니 하늘 위 5성급 호텔이 따로 없었다. 딱딱해 보이기만 하던 비행기의 좌석이 어느새 푹신한 침실로 바뀌었다. 역시 일등석이다. 이런 좌석이라면 스무 시간의 비행도 끄떡없으리라.

일등석 객실의 승객들이 꿀잠을 자는 동안 우리는 조종실 바로 뒤 갤리에 옹기종기 모여 도란도란 밤을 지새웠다. 언제나 그렇듯 밤샘 비행은 좀처럼 적응이 되지 않는다. 사람의 몸이 낮에 일하고 밤에 자도록 설계되어 있기에 한창 잠자야 하는 시간에 두 눈 부릅뜨고 일을 해야 한다는 게 참으로 죽을 맛이다. 카페인도, 허브 각성제도 말을 듣지 않는다. 지금 이 순간 필요한 건 오직 잠이다. 잠. 수면!

그러나 비행이 있으면 그게 몇 시가 됐든 일해야 하는 것이 승무원의 숙명 아니겠는가. 이 밤과 함께 인도양과 대서양, 태평양을 지나면 어제와 다른 세상이 고단한 나를 두 팔 벌려 안아줄 것이다. 이 맛에 중독되어 그 고단한 밤샘 비행도 마다 않고 모두가 잠든 이 시간, 밤을 지새워 일을 하며 깜깜한 하늘을 날아다닌다.

잠을 쫓으려 커피도 들이켜고 온 기내를 돌아다니며 동료들과 간간이 깨어 있는 승객과 대화도 나누다 보니 1A의 카타르 승객을 깨우기로 약속한 시간이 되었다. 곤히 잠들어 있는 그에게 다가가 낮은 목소리로 그를 깨웠다.

아침 식사를 코스별로 다 챙겨 먹은 카타르 승객은 식사를 마치고도 잠이 덜 깬 듯 심드렁히 앉아 있었다. 캡틴의 기내 방송이 들려왔다. 어느덧 착륙 40분 전이다.

그때 캡틴 목소리에 잠이 깬 반대편 영국인 승객이 오믈렛을 요청했다. 우리에게 착륙 준비까지 주어진 시간은 단 10분뿐임을 확실히 알리며, 급하게 오믈렛 한 접시를 그에게 대령했다. 그러자 이 장면을 보고 있던 카타르 승객이 나를 불러 세웠다.

- 이봐, 지금 저 사람은 나보다 한 시간이나 늦게 일어나서 식사를 하고 있는 거요? 곧 착륙이라면서 저 사람이 지금도 식사를 할 수 있다면, 나의 잠을 방해하며 아침 먹으라고 나를 일찍 깨운 이유가 뭐요?
- 네, 저희는 지금 곧 착륙합니다. 저분은 이전에 아침 식사를 하겠다고 예약하지 않으셨지만 지금 간단히 메인 코스만 10분 안에 드시겠다고 하셨습니다.
- 그래서 지금 내 잠을 방해하며 나를 한 시간이나 일찍 깨웠단 말이오?
- 전체 코스를 드시길 원하셨고 저와 상의하고 착륙 준비 한 시간 전이라고 직접 말씀하시고 동의하에 제시간에 맞춰

깨워드린 겁니다.

- 아니, 당신이 나를 한 시간이나 일찍 깨워서 아침을 먹인 거지. 내가 더 잘 수 있는 시간을 당신이 방해했어. 내가 얼마나 바쁜 사람인지 알아? 난 카타리Qatari야. 당신 내가 누군지 알아? 나 당신네 회사 사장도 아주 잘 알고 있어. 당신 이름이 뭐야? 매니저 데려와. 당신 내일 당장 직업을 잃게 만들어주겠어!
- ….

직업은 내일 당장 잃게 될지 모르겠으나, 나는 지금 당장 할 말을 잃었다. 다짜고짜 언성을 높이고 화를 내는 통에 말문이 막히고 어이가 없었다. 지금 내 눈앞에 벌어지고 있는 이 일이 진심으로 문제가 될 수 있다면, 잘리기 전에 나 스스로 그만두고 말겠다고 생각했다.

대개 카타리(카타르인)가 앞뒤가 맞지 않는 컴플레인을 하는 경우 아래와 같은 기본 레퍼토리를 들을 수 있다.

1. 나는 카타르인이다.
2. 내가 누구인지 아느냐.
3. 나는 당신 회사의 사장을 아주 잘 안다.
4. 당신 사장에게 이야기하겠다.
5. 당신이 직업을 잃고 당신의 나라로 돌아가게 해주겠다.

역시 듣던 대로 모든 레퍼토리가 완벽하게 이어졌다. 당신이 누구인지는 승객 정보를 통해 잘 알고 있으며, 우리 회사의 사장은 나도 잘 알고 있고, 우리 사장에게는 나도 이야기할 수 있다. 물리적인 그 자리, 퍼스트클래스에 너무 힘을 쏟은 탓일까. 안타깝게도 정작 있어야 할 자리인 그의 인품에는 클래스가 없었다.

그래서 어떻게 되었냐고? 사무장이 와서 그와 대화를 하고, 그는 사무장을 시켜 나에게 사과를 하게 했다. 잘못하지 않은 일로 사과하고 싶지 않았으나, '아이 엠 쏘리'는 서비스직의 한계이자 숙명이었다. 마음을 가다듬고 진정시켰다. 화가 나고 억울했지만 당황하지 않으려 애쓰며 상황을 어떻게 반전시킬 수 있을까 생각했다.

먼저 당신을 깨워서 미안한 게 아닌 우리의 커뮤니케이션 착오에 대해 사과했다. 당신과 내가 명확하게 말한 문장을 내가 다르게 이해해서 미안하다고 이야기했다. 우리가 서로 다른 이야기를 하고 있었던 것에 대해 사과했다. 상황을 객관적으로 대하려고 노력했다. 이 고약한 아저씨가 유독 나에게 컴플레인하려고 했던 것이 아니라 결국 어느 누구에게든 심술을 부렸을 것이라고 나를 다독였다.

지금 당신을 응대하고 있는 당신 앞의 직원은 당신의 가족일 수 있습니다.

몇 해 전, 오랜만에 한국을 방문했을 때 여기저기서 이런 캠페인 문구가 붙어 있는 것을 보았다. 이 문구를 보고 우리나라가 변하고 있구나 생각했다.

한 사회는 여러 직업군의 사람들로 구성되어 있다. 현재 지구상 대부분의 나라에서 연좌제 형식의 신분 계급제는 사라진 지 오래지만, 우리는 여전히 직업 그리고 경제 수준에 따른 계급사회를 살아가고 있다. 시대에 따라 계급이 새로이 생겨나거나 없어지면서 이름과 모양새만 바뀌어왔을 뿐 인간 사회에는 늘 계급이 존재해왔다.

지금 우리는 어떠한 일을 업으로 삼고, 어느 정도의 경제 수준으로 살아가는지에 따라 계급이 정의되고 분류되는 시대에 살고 있다. 무슨 일을 하고, 어디에 살며, 어떤 차를 소유하고 있느냐에 따라 암묵적으로 나의 계급이 정해지는 것이다. 계급의 불편한 존재는 인정하지만 이에 따른 차별은 없어야 하며, 선진 사회로 갈수록 차별은 줄어들고 있다고 믿고 싶다.

내가 몸담고 있는 업종인 서비스직을 살펴보면 조금 재미있다. 우리 사회의 주류에 속하는 판검사나 의사, 그리고 비주류로 분류되는 환경미화원, 이들 모두는 따지고 보면 서비스를 제공하는 서비스직 종사자다. 제공하는 서비스의 내용만 다를 뿐 본질적으로는 상대에게 용역을 제공하는 법률, 의료, 환경미화 서비스업이다. 법률 서비스를 제공하는 이와 환경미화 서비스를 제공하는 이를 다르게 취급해서는 안 된다. 차별도 역차별도 없이 모두를 똑같이 인정할 수 있어야 한다.

지금 이곳 카타르 국적기에서 나에게 일어난 일도 그렇지만, 내가 한국에서 본 캠페인 문구는 사실상 카타르에는 해당되지 않는 이야기다. 카타르는 인구 구성과 사회의 특이성으로 인해 카타르 자국민이 서비스업에 종사하는 일은 거의 찾아볼 수 없다. 그리하여 '지금 당신 앞의 서비스 직원이 당신의 가족 중 한 명일 수 있다'는 지극히 정상적이며 일반적인 사회에서 통용되는 말이 이들 카타르인에게는 어불성설이나 다름없다.

카타르에 살면서 늘 의아하게 생각해오던 것 중 하나가 사회 구성원의 역할 구분이었다. 일반적인 국가라면 대통령에서 환경미화원까지 대부분이 그 나라의 구성원으로 이루어진다. 그러나 카타르뿐 아니라 이곳 중동 지역의 몇몇 산유국은 자국민이 종사하는 직업군과 외국인 근로자가 종사하는 직업군이 극명하게 나뉘어 있다. 자국민 인구수의 부족과 여성의 사회 참여 제한 등이 그 이유일 수도 있다.

일전에 카타르인에게 "왜 카타르항공에서는 카타르 국적의 승무원을 찾아볼 수 없느냐"고 질문한 적이 있다. 그는 카타르 여성은 술을 취급할 수 없고 카타르 남성은 이 일 말고도 해야 할 일이 많다며, 한마디로 이 일은 카타르 자국민이 할 법한 일은 아니라는 답변을 에둘러 표현했다. 그들에겐 '내 나라 카타르에서 자국민은 특권층'이라는 의식이 깊이 자리 잡고 있었다.

도하에서 런던으로 향하는 카타르항공 퍼스트클래스 1A에 탑승한 카타르 아저씨는 국적을 떠나서도 특권층임이 분명했다. 물론 내가 만난 카타르인들은 이처럼 몰상식하지도 않을뿐더러 사실상 이런 사람은 어느 사회에나 존재하게 마련이다. 그럼에도 그가 보인 태도는 한 나라의 특권층이 보여준 모습이기에 왠지 더 씁쓸했다.

한편, 당장 직장을 잃고 한국으로 돌아가야 하는 게 아닌가 싶었던 나는 회사로부터 소명을 요구하는 어떤 전화도 받지 않았고, 아무런 일도 일어나지 않았다.

방구석에만 있으면
아무 일도 일어나지 않는다

승무원으로 일하면서 많은 경험을 한 덕분에 인생의 새로운 목표가 생겼다. 언젠가 꼭 나만의 비즈니스를 해보리라는 꿈이 바로 그것이다. 도전해보고 싶은 아이템이 여럿 있는데, 그중 하나가 제과제빵이다.

먼저, 세계 최고의 요리학교 중 하나로 손꼽히는 프랑스 요리학교 '르 꼬르동 블루Le Cordon Bleu'에 진학하는 방법을 알아봤다. 프랑스 파리에 직접 거주하는 것도 고민해보았지만, 나중에 한국에서 비즈니스를 열어갈 것을 생각하니 아시아 정서에 맞는 곳에서 수업을 받는 것이 더 낫겠다는 생각이 들었다.

고민 끝에 일본 도쿄에서 수업을 받는 것이 최선이라는 결론을 얻었다. 무엇보다 일본은 제과제빵 선진국이기에 그들에게 배울 수 있는 것이 많을 거란 기대가 있었다. 꿈에 부풀어 학교 입학 절차를 알아보고 현지 생활에 대한 정보도 차근차근 수집했다.

내 사업을 해보겠다고 마음먹은 이상 회사를 그만두고 원하는 일에 매진하는 것이 순리로 보였다. 회사에 찾아가 자초지종을 설명했다.

- 그래서요, 쥬? 요리학교를 가기 위해 비행 일을 그만두겠다고요?
- 맞아요. 궁극적으로 내 사업을 해보고 싶어요.
- 요리학교를 마치자마자 바로 사업을 시작하는 건 아니잖아요? 굳이 회사를 떠날 필요까지는 없어 보이는데. 원하는 기간만큼 무급휴가를 줄 테니 다녀와서 다시 생각해보는 건 어떨까요?
- 회사에서 그렇게 배려해주신다면 더할 나위 없이 감사하죠!
- 그럼 그렇게 해요, 쥬.

회사가 나를 이렇게나 사랑하고 있었나? 그렇게 나는 다시 한 번 3개월이 조금 넘는 무급휴가를 받았다.

승무원으로 일하는 동안 회사는 나의 요구 사항을 모두 들어주었고, 나 역시 회사를 곤란하게 만드는 일은 하지 않았으니, 사실상 회사와 나는 누가 봐도 잘 어울리는 찰떡궁합이었다. 그리고 또다시 회사에서 배려해준 덕분에 나는 마음 편히 카타르를 떠나 일본 요리학교에 입학할 수 있었다.

대학 시절 단기연수를 비롯해 비행으로 수없이 자주 왔던 곳이 일본 도쿄다. 다이칸야마에 위치한 학교와 지근거리에 있는 시부야에 숙소를 정하고 나니 자연스럽게 유대감이 샘솟았다.

아침 일찍 오랜만에 학생으로 돌아가 설레는 마음으로 학교에 도착했다. 우리 반은 인터내셔널 반으로 각국에서 온 학생들로 꾸려졌다. 미국, 이스라엘, 아랍에미리트, 중국, 홍콩, 인도네시아 그리고 한국에서 온 나까지 저마다 배경이 각양각색이었으나 나에겐 너무도 익숙한 풍경이었다.

학교 수업이라고는 하나 학점에 연연해야 하는 프로그램은 아니기에 조금은 여유로운 시간과 환경을 예상했다. 그러나 수업은 생각만큼 여유 있거나 녹록치 않았다. 새벽같이 일어나 학교에 도착하면 수업은 늘 서서 진행되었고, 점심시간도 없었으며, 오후 3~4시가 되어서야 끝이 났다. 그렇게 일주일에 4~5번 학교에 다니다 보니 몸은 녹초가 되었다. 실제로 위생 관리 필기시험도 봐야 하고, 정말 제대로 공부하지 않으면 따라갈 수조차 없는 프로의 세계였다.

'그렇지. 나는 동네 문화센터 취미 요리강좌에 온 게 아니었지.'

실제 셰프의 세계는 새벽 미명에 맞춰 시작된다. 특히

빵집 제빵사들은 새벽에 빵을 구워 상점에 내놓아야 동네 주민들이 아침 식사에 맞춰 따끈한 빵을 식탁에 올릴 수 있다. 좋아하고 행복해야 할 수 있는 일이고, 정성으로 만든 따끈한 빵을 온 가족이 둘러앉은 아침 식탁에 전할 수 있다는 기쁨이 곧 그들이 일하는 힘의 원천이었다. 어떠한 일이든 열정이 필수고, 부지런함이 생명이었다.

수업 과정은 고되긴 하지만 재미있었다. 공부하면서 새로이 알게 된 중요한 사실이 하나 있는데, 요리는 음식을 조리하는 행위 이전에 과학이라는 점이다. 무엇보다 제빵은 물과 열과 공기와 시간과 나의 마음이 하나가 되어야 한다. 눈에 보이지 않는 미묘한 차이를 끝내 극명한 차이로 드러나게 하는, 한마디로 섬세한 작업을 필요로 하는 과정이었다.

발효종은 어느 만큼의 온도와 습도 그리고 시간에 노출되느냐에 따라 결과물에서 확연한 차이를 보인다. 급한 마음에 시간을 제대로 지키지 않고 발효를 마치거나 온도계가 없다고 온도를 대충 처리하면 대충의 결과물밖에 나오지 않는다. 제대로 잘하려면 말 그대로 살벌하게 매달려야 한다. 무엇이든 대충이 없다.

세상 어떠한 일이든 지식 이전에 지혜가 필요한 법인데, 제과제빵을 배우면서 경험에서 나오는 지혜는 시간과 근면 없이는 불가능하다는 것을 알게 됐다.

석 달의 교육과 훈련을 거쳐 수료증Diploma을 받았다. 좋아하는 마음 하나로 취미처럼 시작했으나 전문 과정을 마스터한다는 것은 힘든 시간을 견뎌내야 하는 그 자체였다. 그렇게 힘든 시간을 마치면 우리에게 선물이 주어진다. 때로는 버티는 것도 능력이다.

학창 시절, 체력장에서 '오래 매달리기'를 할 때 이 쓸데없는 걸 왜 하나 생각했다. 안타깝게도 그 시절 나는 팔에 근력이 부족해 '오래'는커녕 '매달리기'라는 동작 자체가 불가능했다. 체력장에서 오래 매달리기를 하는 목적은 팔의 근력을 측정하는 데 있지만, 우리가 가진 근성을 테스트하는 것이기도 하다. 내게 주어진 업業을 대하는 나의 근성. 팔의 근력을 측정하는 것이 단순하고 의미 없는 일로 비칠 수도 있지만, 이 사소한 일에서 나의 근성을 측정할 수가 있다. 버텨내는 힘으로 말이다.

방구석에 처박혀 아무것도 하지 않으면 어떠한 일도 일어나지 않는다. 밖으로 나가 사람들과 부딪히면서 배우고 깨지고 깨닫는 게 진짜 삶이고 인생이다. 누구나 처음에는 어렵고 두렵고 주저하게 마련이다. 그러나 한 번 두 번 깨지고 다치고 상처 입으면서 더욱더 단단한 내가 만들어진다.

3개월의 휴가 덕분에 나는 제과제빵에 도전하여 수료증을 받았다. '과연 회사에서 내게 기회를 줄까?' 처음엔 말하기

조차 망설여졌지만 결국 장기 휴가를 받아냈고, 재직 중에도 요리학교에 등록했다. 이 모두가 뭐라도 시도해보려고 부딪혔기 때문에 일어난 일이다. 게다가 좋은 결과물까지 받아 안았다.

비행을 통해 매번 새로운 땅을 밟으며 체득한 가르침이 오늘의 나를 이곳으로 이끌었다. 기회가 된다면 나는 또 시도하고 부딪힐 것이다. 내가 앞으로 나아가고자 한다면 얼마든지 전진할 수 있고 또 새로운 세계와 만날 수 있다는 것을 경험으로 충분히 알았으니까. 앞으로의 내 삶이 어디로 흘러갈지 그 생각만으로도 마구 설렌다.

비행

Cruise

왕실 비행이 끝나고 주어지는 '미지의 봉투'

> 쥬, 크루 컨트롤이에요. 로스터 체인지가 있어요. 데드헤딩dead-heading으로 남아공 요하네스버그에 갈 거고, 내일 돌아오는 비행은 전세기 비행이에요. 크루 버스는 한 시간 뒤에 도착할 거예요. 준비해주세요.

새벽에 시작된 스탠바이 중 받은 전화다. '데드헤딩'은 승무원이 승객으로 탑승하여 목적지까지 이동하는 것을 말한다. 말 그대로 승무원의 모습을 죽인 채 목적지로 향하는 것이다. 승객이 탑승하기 전에 평상복으로 갈아입고 기내 여기저기 앉아 있다가, 착륙 직전 유니폼으로 갈아입고 승객들 사이에 뿅! 하고 나타나, 착륙한 후 승객이 모두 내리고 나면 운항했던 승무원들과 함께 호텔로 돌아가거나 바로 다음 운항의 바통을 이어받아 비행하기도 한다.

'데드헤딩으로 도착한 요하네스버그에서 하루를 쉬고 다음 날 전세기 비행이라…. 누가 전세를 낸 거지? 왕족 혹은 기업인?'

머릿속에 물음표를 가득 넣어둔 채 후다닥 준비를 마치고 운항센터로 향했다.

크루들과 함께 남아공에서 절대 빼놓아선 안 되는 레드와인을 곁들인 소고기 스테이크로 저녁을 든든히 먹고 24시간 푹 쉬고 나니 어느덧 날이 밝았다. 오늘 전세기 비행의 주인공은 다름 아닌 카타르 국왕의 남동생 중 한 명이다. 진짜 왕족이다. 왕실 전용기가 따로 있지만 가끔 비행기가 부족할 경우 우리 항공사에 전세기 비행 요청이 들어오곤 한다.

비즈니스 42석, 이코노미 358석 정원의 보잉 B777-300ER 기종에 오늘의 VIP 한 명을 비롯해 수행원 모두를 합쳐 서른 명이 조금 넘게 탑승할 것이라는 연락을 받았다. VIP의 수행비서와 행정비서뿐만 아니라 주치의와 간호사, 영양사, 요리사 등 왕족 한 명이 이동하는 데 서른 명이 넘는 수행원이 함께 이동을 하는 것이다. 이 정도 레벨의 왕족이면 승무원의 서비스가 따로 필요 없을 것이라고 지상 직원이 말해주었다. 다만 한 가지 당부한 게 있다면, 오늘의 VIP가 흡연자이니 재떨이를 곳곳에 비치해두라는 것이었다. 기내 흡연을 허용한다는 것이다.

흡연이 자칫 화재로 이어지면 큰 재난 사고가 될 수 있기 때문에 우리 항공사는 기내 흡연만큼은 절대 불가함을 누차 강조해왔다. 화장실에는 연기감지센서가 부착되어 있어 흡연이 절대 불가하다. 그런데 뜬금없이 기내 흡연이라니, 심지어 객실 곳곳에 재떨이를 비치하라니.

충격적이긴 하지만 전세기 아닌가. 우리에게 주어진 서비스 업무는 재떨이 비치가 전부였고, 화장실과 같은 연기감지센서가 있는 곳이나 후미진 곳에서 흡연하는 이가 없도록 주의를 기울이면 되었다. 그리고 본래 주어진 항공 안전에 관한 업무만 처리하면 되었다. 게다가 모든 승객은 비즈니스석에 탑승할 것이다. 이코노미 객실을 책임지는 부사무장 직책을 맡고 있던 나는 바로 촉이 왔다.

'오호라! 오늘 비행은 방학이구나.'

승객 탑승 전 기내 안전 및 보안 점검을 마치고 커피 한잔 마시며 하릴없이 갤리 주변을 서성이고 있었다. 갤리에는 일명 '트래시 컴팩터trash compactor'라고 하는 쓰레기를 꾹꾹 눌러주는 기계가 있다. 긴 비행시간 동안 엄청나게 많은 일회용품을 비롯해 어마어마한 양의 쓰레기가 쏟아져 나오는데, 이 쓰레기를 그냥 모아두었다가는 비행기 한 구석이 거대한 쓰레기 산이 될지도 모른다. 그리하여 기내에서 사용하는 것이 바로 이 컴팩터다. 컴팩터 안에 쓰레기를 버리고 쇠로 된

문을 닫고 버튼을 누르면 커다란 굉음과 함께 묵직한 철판이 내려와 수북하던 쓰레기 더미를 꾹꾹 눌러 최소한의 부피로 만들어준다. 따라서 음식이나 액체 혹은 병류는 컴팩터에 버리지 않는 것이 원칙이다.

수행단이 먼저 탑승한다는 이야기를 듣고 커피잔을 내려놓으며 쓰레기 정리를 하려고 컴팩터에 쓰레기 박스를 집어넣었다. 그러고 나서 컴팩터 문에 달린 스프링이 장전된 손잡이를 놓으려는데, 그 순간 약지손가락이 손잡이 틈에 끼고 말았다. 손가락이 살짝 찢어지며 명찰과 얼굴에 피가 튀었다. 옆에 있던 크루 타니아가 그 모습을 보고 구급상자를 가져오겠다며 나를 뒤쪽 갤리에 남겨두고 비행기 머리 쪽으로 급히 내달았다. 그리고 얼마 안 돼서 타니아가 여자 한 분과 함께 돌아왔다.

- 타니아, 이분은 누구셔?
- 안녕하세요. 저는 수행단 간호사예요. 방금 작은 사고가 있었다고 들었어요. 마침 제시간에 제가 탑승했네요.
- 아, 안녕하세요. 정말 감사합니다. 조금 쓰라리긴 한데 괜찮겠죠?
- 제가 한번 볼까요? 다행히 많이 찢어진 것 같지는 않네요. 지혈을 하고 붕대를 감아드릴게요.

타니아가 탑승 게이트에 있는 사무장에게 달려가 내게 일어난 일을 설명하고 구급상자를 가져가겠다고 하자, 마침 비행기에 오르던 수행단 간호사가 직접 나를 치료해주겠다고 한 것이다. 절묘한 타이밍이었다. 피를 많이 흘리긴 했지만 다행히 큰 사고는 아니었고, 왕실 간호사의 응급처치 덕분에 손가락에 붕대도 잘 감겼다. 바쁜 비행이 아니라 천만다행이라는 생각이 들었다.

이륙 이후에도 부상(?)당한 내게 크루들이 한 명씩 와서 아무것도 하지 말고 쉬라는 응원의 메시지를 한마디씩 남기고 갔다. 정말이지 나의 본격 방학 비행이었다.

요하네스버그에서 도하까지 아홉 시간의 비행 내내 텅텅 비어 있는 300석의 이코노미 캐빈을 왔다 갔다 하고, 화장실도 안녕한지 확인하며 힘든(?) 비행을 했다. 비행기에서 아무 일도 하지 않는 것이 오히려 더 지치고 힘들 때가 있다. 오늘이 그랬다. 긴 시간 동안 아무 일도 없다 보니 졸려서 미쳐버릴 것 같다며, 모두가 이구동성으로 "조금은 일이 있었으면 좋겠다"는 배부른 투정을 했다.

크루들끼리 삼삼오오 모여 갤리 한쪽에서 간식을 먹다가 수다를 떨다가 게임도 하다가 보니 어느새 착륙이다. 끝날 것 같지 않은 시간도 결국은 오게 마련이다. 그리고 우리 모두가 기대해 마지않던 '미지의 봉투'를 확인할 시간이 다가 오고 있었다.

전세기 비행을 운항할 것이라는 안내를 받은 그 순간부터 모든 크루의 관심사는 사실 이 '봉투'였다. 일반 비행에서 승객이 주는 현물이나 현금은 절대 받아서는 안 되는 것이 사규다. 그러나 전세기 비행은 이 모든 것이 용인된다. 왕족과 함께하는 전세기 비행이 끝나고 나면 봉투가 하나씩 주어지는데, 그 미지의 봉투에 대해 "그 안에 몇 장이 들어 있었다더라, 누구는 무얼 받았다더라, 또 누구는 얼마를 받았다더라" 하는 온갖 '카더라' 통신이 난무했다. 과연 오늘 우리도 봉투를 받게 될지, 무얼 받게 될지가 초미의 관심사였다.

착륙을 목전에 두고 드디어 한 사람씩 그 미지의 봉투를 실물로 영접하는 순간이 찾아왔다. 사실이었다. 행정비서가 열다섯 명 크루 한 사람씩 직접 찾아다니며 감사의 인사와 함께 봉투를 건넸다. 봉투 안을 힐끔 보니 미화 100달러짜리 지폐다.

세상에, 이렇게 훈훈할 수가! 왕실 간호사가 치료해준 붕대 감은 손가락 하나 까딱하지 않고 운항한 염치없는 이 비행의 끝에 이런 봉투까지 받게 되다니! 아무렴, 살다 보면 이런 날도 있어야 하지 않을까. 몇 장이 들어 있는지 서로서로 확인하고는 너나 할 것 없이 눈빛을 주고받으며 키득거리기에 바빴다.

긴 비행을 마친 크루의 얼굴에서 그토록 환한 미소는 이전에도 이후로도 본 적이 없다. 나 역시 속으로 '왕족과 함께 하는 전세기 비행이 생기면 언제든지 다시 불러주세요'를 외쳤다. 집으로 향하는 발걸음이 '저엉말' 가볍다.

대체 몇 장이 들어 있었냐고? 후후.

승무원의 지갑을 들여다본 적이 있나요?

- 꼬마야 안녕. 이건 언니 핸드백인데, 핸드백을 좋아하는 걸 보니 너도 천생 여자구나. 언니 지갑을 꺼내 든 거야? 어이쿠, 돈이 다 쏟아졌네.
- 어머, 죄송합니다. 제가 다 주워드릴게요.
- 어머니시군요. 괜찮아요. 아이가 정말 예쁘네요.
- 고맙습니다. 그런데… 이게 다 외국 돈인가요? 지폐가 다 달라요.
- 아! 네. 이건 카타르 리얄, 이건 미국 달러, 영국 파운드, 타이 바트, 모로코 디르함, 세르비안 디나르, 그리고 음….
- 우와, 외환 딜러라고 해도 믿겠어요.

아장아장 어린아이가 비행 중 자리에 앉아 핸드백을 뒤적이던 나에게 다가와 내 지갑을 쳐다보기에 지갑을 통째 손에 쥐어주었다. 그러다가 아이의 손에서 지갑이 180도 회전을 하더니 지갑 속에 잠자고 있던 지폐가 나풀나풀 사방으로 흩어졌다. 이를 지켜보던 아이의 어머니가 달려와 사과하며 지폐를 줍다가 다양한 화폐를 보고는 놀라워했다.

그러고 보니 남이 내 지갑을 들여다볼 일이 없어서 몰랐는데, 내 지갑 속 화폐 구성은 실로 비행하는 사람이 아니고서는 말이 안 되는 조합이었다. 각 나라의 화폐가 푼돈에서부터 거금까지 다양하게 현금으로 자리 잡고 있었다.

한번은 레이오버에서 크루들과 저녁을 먹으러 간 음식점에서 식사를 마치고 계산을 해야 하는 타이밍이 되었다. 그때 갑자기 '환치기' 시장이 형성되더니, 그 도시의 화폐를 가진 크루를 중심으로 미 달러, 카타르 리얄, 유로, 영국의 파운드까지 모든 기축통화가 쏟아져 나왔다. 내가 50리얄을 줄 테니 10파운드 지폐와 1파운드 동전 하나와 바꾸자는 식이다. 그날도 내가 현지 통화로 밥값을 계산하고 다른 크루들에겐 리얄을 포함해 자주 사용하는 화폐로 환치기가 이루어졌다. 우리에겐 이러한 일이 일상이었다.

돈을 세는 수의 크기로 치면 우리나라 원화도 인도네시아 루피아 못지않게 숫자 0이 많이도 달린다. 한국에 한 번도 방문한 적이 없는 신참 크루에게 빳빳한 천 원짜리 지폐 열 장을 건네며, "큰돈이니 남자인 네게 보관 좀 부탁한다"라고 장난을 쳤다. 그러고는 카타르 리얄과 동일 환율이니 잘 부탁한다는 말도 잊지 않았다. 카타르 돈 천 리얄이면 우리 돈으로 삼십만 원가량이니 그의 손에 쥐어진 만 원은 삼백만 원인 셈이었다. 상사의 돈 삼백만 원을 주머니에 넣고 함께 파리 시내를 걸어야 한다는 건 순진한 신참 크루에게는 너무도 부담스러운 일이었다. 당황하는 눈빛으로 마지못해 그러겠다고 말하면서 발걸음을 옮기는 그를 보며 우리 모두는 그 자리에서 웃음을 터트렸다. 그리고 곧바로 사실을 실토했다.

내 지갑에 잠들어 있는 화폐 가운데 언제 다시 갈 수 있을지 기약이 없는 나라의 화폐가 있다면, 그 나라 국적의 크루를 만나기를 손꼽아 기다렸다가 백발백중 성공 보장인 환치기를 시도하면 된다.

예전에 마케도니아 스코페 비행을 갔다가 크루들과 차를 렌트해서 오흐리드 호수에도 다녀오고 즐거운 시간을 보낸 적이 있다. 체류 기간 중 다른 도시로 자동차 여행을 계획하며 환전을 많이 해두었는데, 당시 현지 통화가 남아서 도하에 돌아온 이후 마케도니아인 크루에게 환치기로 디나르를 판 경험이 있다. 물론 내가 한국 원화를 크루에게 사들인 적도 많다.

이쯤 되면 크루는 외환 시장까지 섭렵한 다재다능한 환치기의 고수라 해도 되지 않을까.

VIP 손님이 팔콘 새?

나는 중동에 오기 전까지 팔콘falcon이라는 새를 본 적이 없다. 매과에 속하는 사냥에 능한 이 맹금류의 새는 카타르뿐만 아니라 페르시아와 걸프 전역에서 국조國鳥에 해당하는 지위를 가지고 있다.

과거 아라비아반도에서는 팔콘이 내륙 사막에 살던 유목민인 베두인족에게 작은 새나 산토끼 같은 육식 재료를 제공하는 중대한 임무를 수행하는 자산이자 가족이었다. 현대에 이르러서는 사냥으로 육식 재료를 충당할 이유가 없어졌기에 그들의 소명도 다한 게 아니냐 생각할지도 모르겠지만, 사막에서의 매사냥이라는 독특한 매력 덕분에 외려 아라비아인들의 소중한 문화유산으로 자리 잡게 되었다.

카타르에 정착한 이후 식료품점을 제외하고 내가 맨 처

음 방문한 곳은 숙소에서 그리 멀지 않은 곳에 위치한 전통시장인 수크 와키프Souq Waqif다. 《아라비안나이트》에서나 볼 법한 풍경이 고스란히 펼쳐져 있었는데, 우아하고도 날렵한 전통 의상을 차려입은 경찰이 낙타 위에 올라탄 채 활보하고 있고, 수많은 낙타가 여유롭게 휴식을 취하는 낙타공원도 마련되어 있었다. 그 밖에도 아라비아반도를 대표하는 향신료와 향수 및 먹거리 등 온갖 진귀하고 흥미로운 물건들이 길거리 가득 눈길 닿는 곳마다 즐비해 있었다.

그중에서도 나의 마음을 사로잡은 것은 단연 팔콘이었다. 수크 팔콘Souq Falcon이라 불리는, 이른바 팔콘을 매매하는 작은 시장까지 조성되어 있었는데, 놀라운 사실은 날카롭고도 수려한 외모를 자랑하는 이 영리한 새 한 마리의 가격이 수천만 원에서 수억 원대에 이른다는 것이다. 그 얘기를 듣고 입이 '떡' 하고 벌어져서 다물어지지 않았다. 이 매섭게 생긴 새 한 마리가 한국의 작은 아파트 한 채 가격과 맞먹다니. 역시 오일머니의 스케일은 남달랐다.

'하기야 애완묘로 호랑이를 키우는 중동 부호가 있을 정도라고 하니 이깟 새 한 마리쯤이야. 그래도 수억 원대를 호가하는 몸이시니 극진히 모셔야겠구나.'

시장의 뒤편에는 팔콘 병원까지 마련되어 있었다. 병원에서는 팔콘의 발톱을 깎거나 깃털을 골라주고, 엑스레이를 찍고 건강 상태를 확인하고, 심지어 팔콘 전문가가 새의 날

개에 마사지를 해주는 서비스까지 이루어졌다.

이쯤 되면 '나도 새 되고 싶다'는 생각이 간절해진다. 이곳에서는 새 팔자가 상팔자다. 이처럼 귀하신 몸이니 팔콘이 비행기 탑승을 하지 못할 이유는 전혀 없었다. 실제로 그 귀하신 몸에 걸맞게 팔콘 탑승 유의사항이 이미 항공사에 마련되어 있었다.

- 오늘은 에어버스 A320 기종 비행으로, 목적지는 아제르바이잔 바쿠Baku입니다. 오늘도 VIP가 있어요. 오늘은 세 마리의 팔콘이 탑승할 거예요. 그럼 알렉스, 팔콘 탑승의 유의사항에 대해 알려줄래요?
- 네, A320 기종의 팔콘 탑승 제한 숫자는 총 여섯입니다. 승객이 팔콘과 함께 탑승하기 전 좌석 바닥에 비닐 매트와 신문지를 깔아둡니다. 그리고… 음….
- 비상 상황이 생기면 어떻게 해야 하나요? 팔콘을 어디에 보관해두죠?
- 아! 빈 서비스카트입니다.
- 좋아요, 알렉스. 오븐이 비었다고 빈 오븐에 넣지 말고요. 우리에게 가금육은 닭고기로 충분해요.
- 하하하.

철이 돌아오면 카타르인들이 매사냥을 위해 자주 찾는

곳이 아제르바이잔이다. 아제르바이잔의 바쿠 비행에는 언제나 팔콘이 함께한다. 그리고 크루들은 팔콘의 비행을 위해 무엇을 준비해야 하는지 다시 한 번 서로에게 상기시킨다. 비상 상황 시에는 빈 서비스카트에 팔콘을 보관하도록 되어 있는데, 크루들 사이에서 농담처럼 하는 이야기가 오븐에 넣지 않도록 주의하라는 것이다. 바쿠 비행 브리핑의 단골 질문이자 우리끼리 주고받는 농담이기도 하다.

팔콘은 눈을 가린 채 가죽 보호대를 찬 주인의 손목에 안착하여 탑승한다. 처음 바쿠 비행을 하던 날 줄줄이 들어오는 팔콘에 무척 놀랐던 적이 있다. 이후 바쿠 비행이라면 으레 오늘의 VIP인 팔콘이 탑승할 것이라는 예상 덕에 항상 설레는 마음으로 그들을 기다린다.

눈을 가린 탓에 기내에서는 얌전히 앉아 비행을 즐기는 팔콘. 그리고 꽤나 무게가 나가는 녀석을 지탱하기 위해 항상 한쪽 팔을 엉거주춤 올려 붙여두고 있어야 하는 팔콘의 주인. 하지만 팔콘 주인은 무척이나 불편해 보이는 자세를 취하고도 이 정도 수고는 문제도 아니라는 듯 녀석과 일체가 되어 늠름하고 자랑스러운 표정으로 주위의 시선을 즐긴다.

하늘을 나는 새와 한 공간에서 날고 있는 비행이라니. 카타르인들이 사랑해 마지않는 새 팔콘과 비행을 해보았으니, 이제 애완 호랑이의 탑승만 기다리면 되려나.

로열 마마의 클래스는 어디에?

연말 연휴를 얼마 남겨두지 않고 미국 뉴욕으로 향하는 보잉 B777-200LR 기종 비행이 잡혔다. 현재 카타르는 하나의 왕족 가문이 통치하는 왕정 국가다. 오늘 비즈니스 객실에 왕족 가문의 일원 누군가가 탑승한다고 브리핑에서 전해 들었다. 오늘의 VIP는 모두 다섯 명으로, 어른 두 명과 아이 셋의 한 가족이다. 승객 정보가 있는 회사 태블릿 피시를 확인해 보니 그들 가족 모두가 1A를 제외한 1열에 자리 잡았다.

당시 나는 비즈니스 객실 승객을 담당하는 에프원 크루였다. 그리고 오늘의 사무장은 피부도 까맣고 몸집도 작은 인도 국적의 여자로 한눈에도 순해 보였다.

보딩이 시작되고 승객이 하나둘 들어오기 시작했다. 순조롭게 보딩이 마무리되고 기장의 출발 사인을 기다리는데,

무슨 이유로 자꾸 지연이 되는 모양이었다. 짐칸에 있는 화물 점검이 아직 마무리되지 않아서 기다려야 한다는 설명이 돌아왔다. 별일 아니기에 객실을 오르락내리락하며 최종적으로 이륙 준비를 점검했다.

- 여기, 여기요! 지금 몇 시죠?
- 현재 아침 8시네요. 제가 도와드릴 일이 있나요?
- 이게 뭐요? 우리 오늘 가는 거 맞소?
- 물론이죠. 곧 이륙합니다. 화물 점검 때문이니 양해 부탁드립니다. 고맙습니다.

짜증 섞인 목소리로 나에게 불만을 제기한 이는 다름 아닌 열 살가량 되어 보이는 로열패밀리 꼬마였다. 갤리로 돌아온 나는 헛웃음이 났다. 툭툭 던지는 말투와 거만한 표정, 손으로 시계를 가리키며 허공에서 동그란 문고리를 돌리는 아라빅 특유의 손짓과 어깨를 으쓱하는 몸짓까지, 모든 게 그 나이 소년에게서 나오는 것이라기보다 신경질적인 어른의 모습을 흉내 내고 있었다. 그는 나의 기계적인 답변에 짧은 한숨을 내뱉고는 다시 소년의 모습으로 돌아가 잠잠히 자리에 앉았다.

잠시 후 기내의 모든 문이 닫히고 공항 연결 통로가 기체에서 분리되며 본격적인 이륙 준비가 시작되었다. 좌석의 등받이를 원위치시키고 테이블을 고정하고 무거운 짐들은 모두 의자 밑으로 넣어두도록 했다. 그리고 마지막으로 승객들에게 휴대전화를 비행 모드로 전환하거나 전원을 꺼달라고 요청했다.

늘 그렇듯 절도 있게 이륙 준비가 완료되었다. 크루도 모두 자기 자리로 돌아갔다. 나와 사무장은 조종실 바로 뒷자리에서 서로를 마주보며 나는 조종실을, 사무장은 객실을 향해 앉았다. 비행기가 주행을 시작해 서서히 활주로에 접어들 즈음이었다. 기내에서 큰 소리로 통화하는 소리가 들려왔다. 사무장이 즉시 제지에 나섰다.

- 실례합니다, 부인. 휴대전화 전원을 꺼주시겠습니까. 이 비행기는 지금 이륙합니다.
- ….
- 부인, 부인, 휴대전화를 꺼주시겠습니까.
- 셧업, 닥쳐!

순간 귀를 의심했다. 지금 이게 무슨 일이지. 너무 놀라 나도 모르게 반사적으로 고개를 돌려 객실 쪽을 바라보니 로열패밀리의 마마였다. 사무장은 정중하게 비행 안전 수칙에 따라줄 것을 부탁했다. 그런데 돌아온 한마디는 나와 그녀를 충격에 빠뜨리기에 충분했다. '셧업!'이라니. 다른 사람도 아닌 한 나라의 왕가 일원이 아닌가. 이게 가당키나 한 일인지 계속 의문이 들었다. 그리고 화가 났다.

너무 놀라 넋이 나간 사무장에게 나는 이렇게 넘어갈 수 없다며 이륙 후 당장 기장에게 알리고, 그 승객에게는 규정대로 주의를 주자고 이야기했다. 사무장은 내 이야기를 듣고 있는 건지 마는 건지 아무런 대꾸가 없었다. 어떻게 이럴 수가 있는지 황당하기만 했다. 다시 고개를 돌려 그녀를 바라봤지만, 그녀는 아무 일도 없었다는 듯 태연하게 정면을 응시하고 있었다.

이륙 후 비행기가 안정 궤도에 올라서자 나는 사무장을 대신해 기장에게 달려가 방금 있었던 일을 보고했다. 기장이 사무장을 불렀고 그렇게 조종실에서 논의가 이루어지는 듯 싶었으나 그 뒤로 아무런 일도 일어나지 않았다.

한바탕 정신없이 식사 서비스 업무를 마치고 시간 여유가 생겨 조종실에 들어가 기장에게 물었다. 왜 아무런 조치를 취하지 않고 있는지에 대해. 그러자 기장은 사무장이 어떠한 조치도 취하지 않기를 바란다고 했다. 도무지 이해가 되지 않았다. 기장도 사무장의 결정을 이해할 수 없었지만 본인 의사를 존중해주기로 했단다.

마음이 답답해진 나는 사무장에게 가서 내가 증인이 될 테니 회사 규정대로 처리하자고 설득했다. 하지만 자신은 괜찮다며 아무 문제도 일으키고 싶지 않으니 그냥 넘어가자고 오히려 나를 타일렀다. 이미 사무장은 의기소침해져서 말끝을 흐리고 내 눈을 피했다.

카타르인이 그들의 가정이나 직장에서 하인처럼 부리는 사람의 국적을 보면 인도, 스리랑카, 방글라데시, 파키스탄 등의 인도 아대륙 국적자이거나 필리핀인 혹은 인도네시아인인 경우가 많다. 특히 카타르에서 인도인은 기업의 요직에서부터 청소부까지 다양한 직업을 가지고 사회에 소속되어 있는 만큼 카타르 인구 구성을 보면 인도 국적자의 비율이 상당히 높다.

막말을 내뱉고 태연히 앉아 있는 저 여자는 사무장의 겉모습을 보고 자신의 하인쯤으로 생각했는지도 모른다. 사무장 역시 그걸 모르지 않기에 이 모든 상황을 그냥 받아들이고 넘어가고 싶었을 것이다. 하지만 그 모습을 보고 있으니 오히려 내가 더 화가 나고 속상했다. 신분제는 사라졌지만 여전히 인도인의 생활 속에 남아 있는 카스트에 대한 인식과 그에 따른 차별과 부당함 때문일까? 아니면 보복이 두려운 걸까?

한참을 고민한 끝에, 나로선 도무지 이해할 수 없는 이 일이 그녀가 살아온 삶의 방식과 환경 때문이라면 그 자체로 이해해주어야 한다는 생각이 들었다. 그녀가 잘못된 것을 마주했을 때 분명하게 자기 목소리를 내고 저항했으면 더 좋았겠지만, 지금과 같은 행동을 취할 수밖에 없는 심정 또한 아주 모르는 건 아니다. 그녀의 눈을 바라보니 이해할 수 있었다.

사회적 지위를 떠나 친절하고 정이 넘치는 카타르 사람들을 정말 많이 만났다. 내가 카타르를 존중하고 사랑하는 이유 중 하나이기도 하다. 그러나 오늘 내가 겪은 일은 참으로 안타깝기 그지없다. 기내 1열에 앉아 있던 로열 마마는 비행 마지막까지 고고했다. 고개를 높이 치켜든다고 해서 고고한 것은 아닐 텐데, 로열 마마는 그렇게 자신의 힘을 인정받고 싶은 듯했다.

감히 내가 그들을 위해 기도한다면, 로열 마마! 당신 스스로를 위해 덕을 좀 더 쌓기를 바라요. 그리고 우리 순둥이 사무장이 앞으로 비행에서 좋은 카타르인 승객을 많이 만나 오늘의 일을 하루빨리 잊고 치유할 수 있기를….

벵갈리,
당신들이 행복하기를

- 솔직하게 말해. 너 벵갈리 스피커Bangali speaker지?
- 그러네? 이번 달에도 방글라데시 다카를 세 번이나 가네?
  정말 회사에 '벵갈리 스피커'라고 등록되어 있는 거 아냐?

크루들은 나를 이렇게 놀려대곤 한다. '벵갈리 스피커'.

회사 정책상 해당 취항지의 언어 구사자는 그 비행에 자주 투입이 된다. 비행 초기에는 날씨도 좋고 사회안전망도 잘 구축되어 있는 나라, 즉 선진국으로 비행을 가고 싶었다. 그러나 에프투 주니어 크루로 일하던 시절, 나는 주로 아시아의 제3국으로 비행을 다녔다.

방글라데시 다카 공항에 내리면 우리가 일명 '짐돌이'라고 부르는 현지인 청년 한 명을 늘 만난다. 그는 공항 소속도,

호텔 소속도 아니지만 언제나 그곳에 있었다. 우리 크루들이 공항을 빠져나오면 쏜살같이 우리를 쫓아와 키도 작고 까맣게 마른 몸으로 가방을 번쩍 들어 올려 호텔 버스에 실어주었다. 그렇게 잠시 수고를 하고 우리가 주는 팁을 받아갔다.

처음에는 그가 호텔 소속이라고 생각하고, 그의 정체에 대해 크게 신경 쓰지 않아서 팁을 건네지 않은 경우도 많았다. 그러나 나의 비행 선배들은 그의 정체를 잘 알고 있었다. 비행 경력이 오래된 캡틴이 짐돌이에게 크루 전체를 대신해서 미화 10달러 지폐를 건넸다. 그는 이 일이 자신의 직업이라고 했다. 어느 누구도 마련해주지 않았지만 그 스스로 찾아낸, 그가 먹고살아가는 길이었다.

별것 아닌 일이지만 아무것도 없는 상황에서 무언가를 찾아낸 그의 관찰력과 끈기가 놀라웠다. 이거야말로 무에서 유를 창출한 게 아닌가. 어쩌면 우리에게는 스스로를 책임질 수 있는 능력이 내재되어 있는지도 모른다. 그가 아무것도 없어 보이는 곳에서 자신의 직업을 찾아냈듯이 말이다.

- 그런데 다카에 가면 뭘 해야 해?
- 다카에서는 봉고바자Bongo Bazar에 가야지!

패스트패션이 패션업계에 주류로 등장하면서 많은 의류 공장이 방글라데시에 세워졌다는 사실은 패스트패션 브랜드의 티셔츠 하나만 구매해봐도 알 수 있다. 메이드 인 방글라데시. 봉고바자는 그런 옷들을 한곳에 모아 파는 옷 시장이다. 자라Zara, 망고Mango, 에이치앤엠H&M, 포에버21Foever21 같은 브랜드의 옷들이 약간의 하자로 인해 비품이 되어 이곳에 가득했다. 한마디로 약간의 하자가 있는 좋은 옷을 싼 가격에 살 수 있는 곳이다.

세르비아·모로코·영국 크루 그리고 나, 이렇게 우리 넷은 '툭툭'을 타고 교통질서라고는 당최 보이지 않는 혼돈의 도로를 뚫고 봉고바자에 도착했다. 이런저런 흥정을 하며 티셔츠를 몇 개 사고 땀을 엄청나게 흘리며 돌아다니던 중 어린 소년이 모로코 동료에게 다가가 쇼핑백을 들어주겠다고 했다. 땀을 많이 흘려 기진맥진한 상태로 쇼핑백을 여러 개 짊어지고 다니던 와중에 반가운 소식이었다. 쇼핑을 마치고 약간의 수고비를 소년에게 쥐어주면 되는 거 아니겠는가. 그렇게 소년에게 짐을 맡기고 양손 가볍게 쇼핑을 계속했다.

- 어머, 얘 어디 갔어?
- 누구 말하는 거야?
- 아까 그 꼬마. 내 짐 들어주던 꼬마. 없어졌어!

여기저기 둘러보았지만 양손 무겁게 쇼핑을 따라다니던 꼬마는 사라지고 없었다. 망연자실해 있는 모로코 동료를 위로하며 땀에 찌든 우리는 호텔로 돌아가기로 했다.

툭툭을 타고 돌아오는 길에 많은 생각이 들었다. 가난한 땅의 가난한 사람들. 이 땅에는 왜 이토록 아무것도 없을까. 지구가 처음 생겨났을 때는 파리의 에펠탑도, 뉴욕의 자유의여신상도, 시드니의 오페라하우스도 존재하지 않았다. 비행기는 물론 철도와 도로, 그리고 이제는 어느 대도시에나 즐비한 마천루도 없었다. 그렇다면 이 모든 것들은 어디서 어떻게 생겨났을까. 그리고 왜 거기에는 있고 여기에는 없을까. 정말로 인간의 지능 차이 때문에 거기에는 있고 여기에는 없는 많은 것들이 생겨난 것일까.

과거 식민시대의 지배자들은 자신들의 지능이 피지배자들보다 우수하다고 여겼다. 프랑스의 정치인 쥘 페리Jules Ferry는 유럽인들이 우월한 사람이기 때문에 열등한 민족을 도와줄 의무가 있다고 말했다.

나는 이 말에는 전혀 동의할 수가 없지만, 여러 나라를 여행하며 느낀 바가 하나 있다. 대체로 겨울이 없는 나라는 문명이 발전하는 데 어려움이 따를 수도 있다는 사실이다.

하나의 개체에게 겨울이 없다는 것은, 차디찬 계절을 견디고 들풀 하나조차 살아남기 어려운 혹독한 시련을 준비하지 않아도 된다는 뜻이기도 하다. 그렇기에 오늘도 어제와 같고, 내일도 오늘과 같은 평화로운 상태가 지속된다. 1년 내내 집 앞에는 뜨거운 태양이 선사한 싱그러운 풀이 자라나고, 뒷산에는 탐스러운 열매들이 가득하며, 온갖 들짐승들이 자유롭게 뛰노는, 이른바 부족할 것 없는 삶이기에 굳이 내일을 준비할 필요가 없다. 그래서 다가올 시련에 대비하거나 지난 경험에 비추어 미래를 발전시킬 이유를 못 느낀다. 그저 현재에 만족하며 살아갈 뿐이다.

사람도 마찬가지다. 처음부터 많은 것을 누리고 축복 속에서 사는 사람은 그 축복을 인지하기 어렵다. 그러하기에 감사할 일도, 더 노력할 일도 깨닫기 힘들다. 지금의 시련이 있기에, 그리고 대비해야 할 겨울이 있기에 내가 더 성장할 수 있는 것이다.

지금, 덜컹이는 툭툭에 앉아 있는 나에게는 이 복잡한 사거리가 그 어떤 해결의 실마리도 보이지 않는 카오스처럼 보일 뿐이다. 하지만 이들은 알고 있고 분명 헤쳐나갈 수 있으리라.

서로 뒤엉킨 차량들이 뿜어내는 요란한 경적 소리와, 매연인지 뭔지 모를 뜨거운 바람, 그리고 이와 함께 엄습하는 매캐한 공기를 들이마시며 5성급 호텔로 돌아가는 이 길이 역설적으로 내게는 마치 선물처럼 느껴졌다. 그렇게 나는 방글라데시 다카에서 또 하나의 선물을 받았다.

고맙습니다. 벵갈리, 당신들이 많이 행복하길 바라요.

미스터 지저스와 미스 마리아 그리고 캡틴 모하메드

오늘의 비행은 에어버스 A320 기종의 작은 비행기다. 우간다 엔테베를 거쳐 르완다 키갈리에서 24시간 체류하는 레이오버 비행이다. 오늘 우리가 운항하게 될 비행 기종과 목적지, 기타 특이사항 등을 나누는 브리핑을 마치고 크루들과 함께 비행기로 향한다. 비즈니스석이 12명 정원, 이코노미석이 137명 정원으로 거의 만석이다.

비행기에 도착해 기내 상태를 점검하고 있으려니 파일럿이 도착한다. 오늘 비행의 사무장인 나와 간단히 인사를 나누고 전체 크루들과의 브리핑을 부탁한다. 오늘의 파일럿은 바레인 국적의 캡틴 모하메드와 프랑스 국적의 퍼스트 오피서 벵상이다. 파일럿과의 브리핑을 마치고 본격적인 기내 준비에 들어간다.

갤리와 화장실 그리고 안전 장비와 좌석을 꼼꼼히 점검

한 후 각 좌석에 서비스 아이템을 정성스레 세팅해둔다. 갤리에서는 오늘 비행의 식사 서비스 준비가 한창이다. 준비가 완료되면 보딩을 시작한다. 손님이 하나둘 들어선다. 보딩을 마무리하고 비즈니스석의 모든 승객에게 그들의 이름을 개별적으로 호명하며 인사를 한다. 3A와 3D 좌석에 스페니시 커플이 나란히 앉아 있다.

- 안녕하세요. 저는 오늘 비행의 중간 기착지인 엔테베와 최종 목적지인 키갈리까지 비행 책임을 맡은 쥬입니다. 미스터 지저스 그리고 미스 마리아. 두 분 정말 반갑습니다. 두 분이 같이 다니시면 어디든 걱정이 없으시겠어요.
- 하하, 그럼요. 우린 지저스와 마리아니까요. 할렐루야.
- 그러고 보니 오늘의 파일럿은 캡틴 모하메드랍니다! 오늘 이 비행에 지저스, 마리아 그리고 모하메드까지 모두 있네요. 오늘은 200퍼센트 안전 비행이 되겠어요.
- 든든하네요.
- 저 역시 걱정이 없습니다. 그럼 저희와 함께 좋은 비행되시길 바랍니다.

가끔 이런 일이 있다. 지저스와 마리아 그리고 모하메드가 한데 모여 같이 비행을 하는 진귀한 일이. 서로 다른 국적을 가진 이들과 함께 일을 하고 시간을 보내는 것은 언제나 유쾌하다.

우간다의 엔테베를 거쳐 르완다 키갈리에 도착했다. 엄청나게 힘든 장거리 비행은 아니지만 중간에 엔테베를 거쳐야 하는 더블 섹터, 일명 두 탕을 뛰어야 하는 비행이라 고단했다.

우리를 호텔까지 데려다주는 로컬 버스 기사는 막간을 이용해 투어 가이드 역할을 마다하지 않았다. 우간다와 더불어 이곳 르완다는 깨끗하고 청정하며 빼어난 절경을 가졌다 하여 '아프리카의 스위스'라 불린다고 알려주었다.

하지만 역설적이게도 이토록 아름다운 거리는 지금으로부터 약 25년 전인 1994년에는 근 100일간 붉디붉은 피로 물들어 있었다. 당시 르완다 내에서는 다수를 차지하는 후투족Hutu이 소수인 투치족Tutsi을 향해 서슬 퍼런 칼날과 몽둥이를 휘두르며 학살을 자행했다.

영화 〈호텔 르완다〉(2004)는 '르완다 대학살' 기간 중에 있었던 실화를 바탕으로, 당시의 이야기가 자세하게 소개되어 있다. 80% 가까운 다수의 후투족과 나머지 소수를 차지하는 투치족 간의 내전 이야기. 비록 다수와 소수로 나뉘긴 했지만 이들은 모두 르완다의 민족이다.

버스 기사에게 당신은 어느 종족인지 물었다. 그는 후

투족이라고 했다. 그러면서 투치족은 소수긴 하지만 과거 독일과 벨기에의 식민 시절에 많은 권력을 누려왔다고 알려 주었다.

당시 식민 지배자들은 투치족의 두개골이 후투족보다 크다는 사실을 이유로 들어, 투치족이 후투족에 비해 똑똑하고 키도 큰 것이라고 미루어 짐작했다. 게다가 조금 더 밝은 피부색을 가졌기에 유럽의 코카서스인종에 더 가깝다 하여 20%가 채 되지 않는 소수임에도 그들에게 많은 특권을 안겨주었다. 이에 후투족의 불만은 쌓여갔고, 결국 르완다가 독립한 이후 르완다의 두 번째 대통령이자 독재자인 후투족 쥐베날 하브자리마나Juvénal Habyarimana가 이름 모를 전용기 사고로 암살당한 바로 다음 날인 1994년 4월 7일 르완다 대학살을 일으켰다.

불과 25년 전에 이런 일이 일어났다는 게 믿기지 않았다. 버스 기사는 자신이 어렸을 때 일어난 일이지만 지금도 생생하게 기억난다고 했다. 함께 춤추고 노래 부르며 뛰어놀던 친구들이 하루아침에 사라져버린 처참했던 그날의 이야기를 들려주었다. 지금은 그날의 비극에 대해 이야기하는 것을 금기로 여겨 서로 아무 일 없던 듯이 잘 지내보려고 노력하지만, 결코 쉽지 않은 일이라고 토로했다. 그럼에도 살아있는 이들은 어떻게든 살아가야 하기에 모두가 그날의 아픔을 지워내려 애쓴다고 했다.

화려하진 않지만 소박하고 깔끔하게 정비된 아름다운 언덕길을 올라 호텔에 다다랐다. 우리를 반겨주는 호텔 직원들. 그들은 이 아픔을 딛고 서로를 믿고 의지하며 한 민족으로 잘 살아가고 있는 걸까.

70년 전 1950년 6월 25일 신새벽에 발발한 우리의 민족전쟁인 한국전쟁을 생각나게 했다. 우리에게도 한민족끼리 서로를 죽고 죽일 수밖에 없었던 동족상잔의 슬픈 역사가 있다. 그렇다면 우리는 어떠한가. 우리는 한반도의 평화를 위해 어떤 준비가 되어 있을까.

유니폼을 갈아입고 저녁 식사를 하기 위해 호텔 근처에 있는 아프리카 분위기가 물씬 풍기는 식당에 들어섰다. 악어고기 숯불구이인 냐마초마Nyama Choma와 맥주를 주문했다. 식당 정면에 펼쳐져 있는 르완다의 푸른 언덕이 마치 우리나라의 산수화 한 폭을 떠올리게 했다. 아프리카의 푸르른 산등성이가 대한민국의 그것과 꽤나 흡사하다.

낯선 곳에서 익숙하고 편안함을 느끼며 생각에 잠긴다. 한민족이 겪고 있는 아픔에 대해 그리고 앞으로 극복해야 할 시련에 대해 고민하게 만드는 밤이다.

기내에서
생을 마감하는 아이

오늘은 이라크 아르빌에 간다. 비즈니스 12석, 이코노미 136석 정원의 작은 비행기다. 브리핑에서 승객 가운데 환자(메디컬 케이스)가 여럿 있다는 이야기를 나눴다. 그중에서도 여섯 살 이라크 꼬마 아이가 인도 델리에서 뇌종양 수술을 받고 돌아가는 케이스가 가장 눈에 띄었다. 아이는 부모와 함께 탑승할 예정이었다.

메디컬 케이스가 있으면 당연히 평소보다 신경이 쓰이기는 한다. 하지만 이미 여러 차례 의사들의 확인을 거친 후 비행기에 오르는 것이기에 사실상 하늘에서 갑자기 발생하는 긴급 의료 상황보다는 긴장감이 덜하다.

보딩이 시작되었다. 한 사람 한 사람 인사를 건네며 보딩을 하던 중 대여섯 살쯤 되어 보이는 남자아이가 머리에 하얀 붕대를 감고 반쯤 뜬 눈을 껌뻑이며 아버지의 팔에 안겨 있었다. 뇌종양 수술을 받은 그 꼬마였다.

- 안녕하세요. 어서 오세요.
- ….
- 안녕, 어서 와. 기분이 어때?
- ….

아이가 감았던 눈꺼풀을 힘겹게 두어 번 치켜떴다. 부모에게 그리고 아이에게 인사를 건넸으나 부모 역시 고개만 끄덕일 뿐이었다. 모두가 지쳐 보였다. 그도 그럴 것이 이미 델리에서 도하까지 4시간의 비행 이후 도하에 도착해서 다시 수 시간을 기다린 끝에 이라크행 비행기에 오른 것이니, 건강한 청년이라도 마냥 쌩쌩할 순 없으리라. 비행기 이코노미 객실의 가장 뒷좌석으로 자리를 안내한 후 다시 보딩을 이어갔다.

얼마 지나지 않아 이코노미 객실의 크루가 헐레벌떡 뛰어와 응급 상황을 알렸다. 그 꼬마 아이가 정신을 잃고 숨을 안 쉰다는 것이었다. 심장제세동기AED를 손에 쥐어 보내고 사무장도 곧바로 뒤따랐다. 당시 나는 비즈니스 객실 전담 승무원으로, 보딩과 비즈니스 객실의 업무를 도와야 했다.

다행히 보딩이 마무리되지 않아 비행기가 문이 열린 채로 공항과 이어져 있었던 터라 캡틴에게 바로 알려 공항에 응급구조 요청을 보냈다. 그때까지 아이가 무사하기만 바랐다.

아무래도 응급구조대가 오기까지는 시간이 걸릴 것 같아 기내에 의사가 있는지 도움을 요청하는 방송을 다급하게 전송했다. 방송을 마치자마자 내 바로 앞에 있던 아가씨가 자신을 의대생이라고 소개하면서 자기가 조금이라도 도움이 될 수 있을 것이라며 뒤로 가보겠다고 했다. 그녀를 뒤로 보내고 보딩을 이어가는데, 마음이 초조해서인지 응급구조대는 도대체 언제 오는 건지 시간이 너무도 더디게 흘렀다.

사람들이 하나둘 몰려오는 소리가 들렸다. 지상 직원들이었다. 무슨 일이냐고 묻기에 대략적인 설명을 해주었다. 그 사이 응급구조대가 도착해서 재빨리 그들을 뒤로 안내했다.

한참 뒤 사무장이 돌아와 캡틴과 상의할 일이 있다며, 나에게 아이가 있는 곳에 가보라고 했다. 떨리는 마음으로 다가간 그곳엔 숨을 멈춘 아이가 심장제세동기를 붙인 채 누워 있었고, 그 옆으로 응급요원과 동료들 그리고 아이의 부모가 있었다.

초점을 잃은 부모의 눈빛. 절망적인 상황을 이미 여러 번 경험하고 예상한 듯한 힘없는 눈빛이었다. 아이를 잃은 부모의 눈빛이 이러하다는 걸 처음 알았다. 그들은 울지도 감정을 표현하지도 않았고, 아이처럼 숨을 쉬고 있는 것 같지도 않았다. 그들을 바라보는 모든 사람들의 가슴이 그들을 대신해 울고 있었다.

몇 분간 이어진 인공호흡에도 끝내 아이는 호흡을 찾지 못했다. 아이와 부모는 비행기 뒤쪽 문을 이용해 응급구조대와 함께 내리자마자 응급차를 타고 우리 시야에서 사라졌다.

아이가 떠나고 다시 이륙 준비가 시작됐다. 감정을 추스를 겨를 없이 기내를 점검하고 예정된 이륙에서 딜레이된 시간을 부지런히 쫓아 업무에 집중했다.

승무원은 이륙을 위해 착석해주십시오.

모두가 아무 말 없이 정면을 응시한 채 이륙을 맞이했다. 숨이 멎은 아이와 그런 자식을 그저 바라볼 수밖에 없는 부모의 눈빛. 눈앞에서 더 이상 숨을 쉬지 않는 자식을 바라만 봐야 하는 부모의 마음은 어떠할까. 나도 모르게 눈물이 흘러나왔다.

여섯 살 꼬마 아이와 그 부모는 어떻게 되었을까. 이미 답을 알고 있음에도 일부러 모르는 척 질문해본다. 모두가 답을 알고 있지만 누구도 모르는 것이기도 하다. 그렇게 암묵적으로 우리는 어떠한 것도 인정하지 않았다. 인명은 재천이라지만 하늘이 정해준 꼬마 아이의 목숨을 애써 모른 척하고 싶다. 다만 어디서든 평안하길 기도해본다.

우리 항공사와 함께 '편히 쉬소서Rest In Peace'

- 차나 커피 하시겠습니까?
- 화이트 티white tea 주세요.
- 우유나 설탕 필요하십니까?
- 화이트라고 이야기했는데요.
- …?
- 우유를 넣어주세요.
- 아하!
- 하하. 블랙 티는 우유를 넣지 않은 티 그대로, 화이트 티는 우유를 넣어 하얗게 만든 티를 말해요.

한국에서 나고 자란 나는 영어권에서 자란 네이티브 스피커가 아니기에 일상생활에서 사용하는 단어의 조합은 난이도를 떠나 알지 못할 때가 종종 있다. '화이트 티'라는 표현은 나에게 오랫동안 신선했다. 생각할수록 자연스럽고 재미있는 표현이다. 블랙커피 블랙 티, 화이트커피 화이트 티.

일상생활 중에 자연스럽게 쓰이는 표현들이 익숙하지 않은 경우도 있지만, 실제로 자주 접해볼 일이 없어서 모르는 경우도 있다. 승객 중에는 가끔 우유를 뺀 카푸치노를 주문하는 분들도 계시니까.

우리 회사 동료들은 세계 각국에서 온 사람들로, 영어권 국가가 아닌 경우가 대부분이다. 그러다 보니 때로는 웃지 못할, 아니 그보다 더 심각한 수준의 실수나 오류를 범하기도 한다.

한번은 비영어권 태생의 크루가 식사를 마치고 잠자리에 들려는 승객에게 인사를 건넨 것이 엄청난 사건이 된 일도 있었다.

편히 쉬소서(Rest In Peace).

그녀는 잠자리에 들려는 이 신사 분에게 “Rest In Peace(영면하십시오)”라고 인사했다. 이 크루는 ‘Rest In Peace’가 ‘안녕히 주무세요Good night’, ‘푹 주무세요Sleep tight’, ‘잘 쉬세요Rest well’와 같은 잠자리에 들기 전에 나누는 인사말이라 착각을 한 것이다. 문자 그대로 해석하자면 ‘평화롭게 쉬세요’쯤 될 터이니 크게 무리도 아니다.

그러나 이 말을 들은 승객은 조금의 자비도 없이 불같이 화를 내며 한 편의 드라마를 만들었고, 당시 '영문英文'을 몰랐던 이 순진한 아가씨는 말 그대로 '영문'을 몰라 화를 당했다.

중국 대륙에서 분실한 휴대전화가 맺어준 인연

중국 청두成都는 내가 좋아하는 도시 중 하나다. 처음 청두에 갔을 때는 이 도시가 주는 매력보다 비행 자체가 쉽고 체류 기간이 길어서 호감을 가졌다. 청두 비행의 승객 비율은 중국인이 다수를 차지하는데, 그들은 좋은 의미로 순박하고 단순했다. 언어 장벽의 탓일 수도 있겠지만, 서비스하는 대로 편히 먹고 쉬고 아무런 불평이 없었다.

청두에 처음 간 것은 2014년이다. 당시 중국에 대한 나의 인식은 기존에 방문한 적 있는 도시인 베이징이나 상하이에 대한 경험이 바탕이 되어 자리 잡고 있었다. 베이징과 상하이는 번화한 도시답게 번잡스럽고 분주했고, 신흥 대도시의 특성상 질서와 시민의식 면에서는 정리되지 않은 듯한 느낌을 받았다.

하지만 이 두 도시에서 크루가 머무르는 호텔은 공항 근처 도심 외곽에 위치해 있다 보니, 호텔에 머무르는 동안은 두 도시 모두 중국의 거대 도시임에도 화려한 도심과는 확연히 다른 소박한 분위기를 느낄 뿐이었다. 따라서 일선 도시에 해당하지도 않는 청두에 대해 아무런 기대 없이 도시에 입성했다(청두는 2017년 신新일선 도시로 편입되었다).

2020년 현재 청두의 위용은 사천 지방의 중심 도시이자, 《삼국지》와 두보 선생의 도시이며, 중국에서 가장 큰 판다 서식지이기도 하다. 그뿐 아니라 유네스코 미식 도시로 선정될 만큼 음식에 있어서도 마파두부, 훠궈, 탄탄면 등 그 유명세가 설명이 필요 없을 정도다.

청두에서 크루가 머무르는 호텔은 2013년 개장하여, 세계에서 가장 큰 쇼핑몰로 기네스북에 등재된 '신세기글로벌센터'에서 멀지 않은 곳에 위치해 있다. 크루 버스를 타고 공항에서 도심을 지나 호텔에 들어서면 한눈에도 발전된 도시임을 알 수 있는 웅장한 마천루들이 시야에 가득 들어온다.

일곱 시간이 넘는 긴 비행 끝에 피곤하고 지친 몸을 이끌고 호텔 방에 들어가 침대에 벌렁 드러누웠다. 이 도시에서 내가 머무는 시간은 총 78시간이다. 3일 밤낮이 온전히 내 시간이다. 오늘 저녁은 크루들과 훠궈를 먹으러 가기로 했다. 인생 첫 훠궈를 충칭重庆에서 경험했으니 실로 두 번째다.

첫 시도에서는 사천 지방에서 꼭 먹어야 하는 음식이라

하여 부푼 마음으로 크루들과 함께 식당을 찾았으나, 사천 후추인 화자오를 오독오독 씹은 탓에 혀끝에서부터 모든 내장기관이 떨떠름하게 마비되는 느낌에 바로 수저를 내려놓아야 했다. 당시 함께했던 동료는 유럽인 두 명과 동양인은 나와 인도인 둘이었는데, 우리는 거의 아무것도 먹지 못하고 식당을 나왔다. 사실 첫 경험이 너무도 강렬하여 다시 훠궈를 먹을 수 있을까 싶었지만 이번엔 중국인 동료가 함께 간다기에 다시 한 번 도전해보기로 했다.

생전 보지 못했던 희귀한 음식들이 상 위에 가득 펼쳐져 나왔다. 열린 마음으로 '음… 저건 어느 동물의 내장이겠지' 하고 생각하니 모든 것이 흥미로웠다. 간, 천엽, 콩팥, 선지 등 소·돼지의 내장기관은 말할 것도 없고, 양과 오리, 닭, 토끼의 내장까지 줄줄이 이어져 나왔다.

드디어 오늘의 하이라이트인 훠궈와 함께 토끼 머리가 마지막을 장식했다. 중국인의 식탁 아니랄까봐 다채롭기가 이를 데 없다. 역시 현지인과 함께하는 관광과 식사는 언제나 감동(?) 보장이다. 함께 둘러앉은 프랑스인과 멕시코인 크루는 "노!"라고 외쳤지만 곧 그들도 도전에 동참했다. 우선 얇게 썬 고기들을 공략한 후 차례로 내장기관을 섭렵해나갔다. 이제야 사천 본토의 맛을 좀 알 듯하다.

모두가 즐겁게 흥미로운 식사를 마치고 다음 날을 기약하며 각자 방으로 흩어졌다.

이튿날 약속한 대로 판다 기지에 가기 위해 아침 일찍부터 나섰다. 날이 더우면 판다가 내내 잠을 자고 움직이지 않는다고 하는데, 오늘은 웬일인지 판다들이 여기저기 활발한 움직임을 보였다. 젖병을 물고 있는 귀여운 아기 판다에게까지 모두 인사를 마친 후 식사도 하고 쇼핑도 하기 위해 호텔 인근의 신세기글로벌센터 쇼핑몰로 향했다. 세계에서 가장 큰 규모의 쇼핑몰 타이틀을 두바이몰로부터 쟁취해 가져온 거대 쇼핑몰이기도 하다. 커다란 입구에 들어서니 낯익은 한국의 유통 브랜드들이 눈에 잔뜩 들어왔다. 반가웠다.

각자 자기 취향에 따라 동료들끼리 둘셋 짝을 지어 흩어졌다. 함께 식사하기로 한 두 명의 크루와 함께 우리는 셋이 되었다. 식사를 마치고 쇼핑을 하고 마지막으로 슈퍼마켓에 들러 간단히 장을 보고 양손 가득 쇼핑백을 들고 택시를 불렀다.

아침 일찍 일어나 판다 기지 투어를 시작으로 너무 돌아다닌 탓인지 급격하게 피곤이 몰려왔다. 쇼핑몰에서 호텔까지는 기본요금 수준의 가까운 거리였다. 호텔에 도착하여 주섬주섬 물건을 챙겨 내리고 택시를 보냈다. 이것저것 챙기며 주머니에 손을 넣어보는데, 아뿔싸! 휴대전화가 없다. 분명히 바지 주머니에 넣어두었는데 없다. 택시 좌석에 흘린 것이 틀림없다고 생각하는 순간 택시가 저 멀리 사라져가고 있었다. 택시 뒷모습을 보며 이렇게 휴대전화도 멀어져가는구나 생각했다.

그때 주머니를 뒤적이며 당황해하는 나를 보고 호텔 직원이 달려왔다.

- 무슨 일이시죠?
- 휴대전화를 잃어버렸어요.
- 어디서 잃어버렸는지 아시나요?
- 택시에 두고 내린 것 같아요. 분명 주머니에 넣어두었는데 주머니에서 흘렸나봐요.
- 우선 안으로 들어가 좀 앉으세요. 어디서 택시를 타셨습니까?
- 글로벌센터에 있는 호텔에서 불러주는 택시를 탔어요.
- 그럼 제가 그쪽 호텔로 연락을 취해볼 테니, 쉬면서 기다려주세요.

쇼핑 봉투를 챙겨 망연자실 방으로 돌아왔다. 가지고 있던 아이패드를 이용해 전화 찾기를 시도해봤지만 나의 휴대전화는 행적이 묘연했다.

최신 기종의 모델은 아니었지만 사용한 지 1년도 안 됐고, 무엇보다 차일피일 동기화를 미루다가 클라우드에 제대로 저장해두지 않은 정보들이 마음에 걸렸다. 카타르 번호의 국제전화가 로밍된 상태였기에 신호마저 불안정했다. 게다가 이곳은 중국 대륙이 아닌가. 수억 명의 인구가 서로 다른 모습으로 살고 있는 이곳에서 타지에서 온 분실물을 찾는다는 건 거의 불가능에 가까웠다. 그냥 포기하는 편이 마음 편하겠다는 생각이 들면서도 마음 한구석에는 작은 희망의 불꽃이 사라지지 않았다.

나는 놀랍게도 잃어버린 물건을 다시 찾은 경험이 많다. 대학생 때 지갑을 잃어버렸을 때는 경찰서에서 신분증의 주소지로 지갑을 보내주어 찾은 적이 있다. 상점에 선글라스를 두고 오거나 재킷을 두고 한참을 돌아다녀도 신기하게 다시 내 품으로 돌아왔다. 경험으로 체득한 희망이 마음속에서 꿈틀대고 있었다.

'그래, 난 운이 좋은 사람이니까 이번에도 찾을 수 있을 거야. 믿고 기다려보자.'

호텔 방에 앉아만 있기가 답답해서 아이패드를 들고 로비로 내려갔다. 문자 메시지로 부모님과 가족에게 전화기의 분실을 알리고, 의미 없는 손가락질로 아이패드를 뒤적였다. 그때였다.

- 미스 리! 전화 찾았어요!
- 네? 전화를 찾았다고요?
- 택시를 탄 호텔에 연락해서 택시 번호를 알아내 기사에게 연락을 했어요.

- 와우, 중국에서도 그게 가능하군요.
- 호텔에서는 투숙객이 호텔 앞에서 택시에 탑승할 때 항시 택시 번호를 적어두거든요. 제가 그걸 알고 있어서 바로 호텔에 연락해 미스 리가 탔을 법한 시간대의 택시에 모두 전화를 해봤어요. 그래서 이렇게 찾았고요.
- 대단하네요.
- 지금 택시 기사가 이곳으로 오고 있으니 조금만 기다리면 될 것 같아요. 대신에 기사님에게 작게라도 성의 표시는 해주는 게 좋을 것 같아요.
- 물론이죠. 정말 감사합니다.

그리하여 나는 이 넓은 중국 대륙에서 국제 로밍된 휴대전화를 다시 찾았다. 놀랍고 기뻤다. 고맙게도 이 전화를 찾느라 애써준 호텔 직원이 나보다도 더 기뻐했다.

- 정말 감사해요. 사실 찾을 수 있을 거라 생각 못했는데 정말 기쁘고 감사해요. 저는 카타르항공 승무원으로 이 호텔에 체류하고 있어요. 이름은 쥬고, 한국인이에요.
- 하하, 미스 리. 다 알고 있어요.
- 아! 그러고 보니 줄곧 저를 '미스 리'라고 부르고 있었네요. 그냥 쥬라고 불러요. 모두가 나를 그렇게 부르거든요.
- 좋아요, 쥬. 나는 엘이고 이 호텔의 객실 서비스에서 일하고

있어요.

- 반가워요, 엘.

그렇게 우리는 친구가 되었고, 78시간이 지나 이 호텔을 떠나는 날 나는 그에게 감사 표시로 초콜릿 한 상자를 건네며 언제든 한국에 방문해줄 것을 부탁했다.

그 뒤로도 나는 청두를 자주 방문했고, 엘은 내가 갈 때마다 기꺼이 연차를 써서 관광을 시켜주었다. 실내 스케이트를 같이 타러 가기도 하고, 대학을 구경시켜주기도 하는 등 하루 온종일 나에게 시간을 내주었다. 만날 때마다 엘과 나는 휴대전화 사건에 대해 이야기를 나누고, 그날 일에 대해 다시 감사를 표현하고 기뻐하면서 추억을 공유하는 시간을 가졌다.

하루는 엘이 내게 이런 이야기를 했다. 나를 처음 봤을 때 내가 자기 또래일 거라 생각해서 더욱 도와주고 싶었다고. 그런데 호텔에 등록된 내 여권을 확인하고는 내가 자신보다 열 살이나 많다는 것에 적잖이 당황했다고. 그리고 사실 나를 많이 좋아하며, 자주는 아니지만 이렇게 만나서 며칠씩 야외에서 시간을 보낼 수 있다는 사실이 설레고 그 시간이 기다려진다고. 그러나 우리는 사는 곳도 다르고 언제 다시 볼 수 있을지 기약이 없기에 앞으로 어떻게 해야 좋을지 모르겠다고 조심스럽게 말했다.

당시 나는 30대 중반이었고 엘은 20대 중반이었다. 젊은 남녀가 만나다 보면 자연스레 데이트 아닌 데이트가 되기도 하는데, 언제부턴가 엘과 나 사이에도 의도치 않게 장거리 연애를 하는 듯한 미묘한 분위기가 흘렀다. 여기에 엘이 제동을 건 것이다. 어떻게 하면 좋을지 내 의견을 물어왔다.

나는 도하에 남자 친구가 있었기에 엘을 만날 때 최대한 조심스럽게 행동했다. 일부러 다른 크루와 동행하면서 단둘이 만나는 자리를 되도록 피했다. 나에게 20대 중반의 엘은 그저 귀여운 동생이었다. 처음 그에게 연락처를 건넸을 때 했던 말처럼 언제든 한국에 방문해달라고 했고, 가족과 함께 혹은 여자 친구와 함께 방문해도 언제든 편하게 연락하라고 이야기했다.

이런 걸 원한 건 아니었는데 좀 전까지도 즐겁고 유쾌하던 자리가 갑자기 어색하고 낯선 분위기로 흘러갔다. 나 역시 엘이 좋은 친구라는 걸 잘 알기에 많이 아쉬웠지만, 친구 관계를 넘어 남녀 관계로 발전하기엔 제약이 많았다. 쉽게 말해 연인으로 발전할 만큼의 마음은 아니었던 것이다. 사랑은 모든 제약을 뛰어넘는다고 믿는 나로서는 엘과의 관계가 순수한 우정인 게 좋았다.

고맙게도 엘은 나의 진심을 이해해주었고, 우리는 이전

처럼 좋은 친구로 지내기로 했다. 그 뒤로도 내가 청두를 방문할 때면 우리는 함께 삼겹살에 김치찌개를 먹기도 하고 훠궈도 먹으며 속 깊은 대화를 나누면서 좋은 우정을 만들어갔다.

앞으로 또 언제 다시 볼 수 있을까. 그때 더욱 좋은 모습으로 만날 수 있길 기대해. 잘 지내고 있어, 엘!

“기브 미
쟈. 뮝. 쥬. 스.”

드디어 인천이다. 인천 비행은 크루들 사이에서 인기가 높기로 유명하다. 나야 한국인으로서 기회가 되면 가족과 친구들이 있는 내 나라에 가고 싶은 게 너무나 당연하지만, 대체 저들은 뭐 때문에 이렇게 열심히 비행 신청을 하는지 알 수가 없다. 아무튼 인천은 거의 언제나 비행 신청 랭크 상위권을 유지한다. 취항지 언어 구사자가 여기 버젓이 있는데, 나에게는 인천 비행 받기가 하늘의 별 따기다.

다행히 나는 몇몇 친구들과 달리 한국에 남자 친구가 있다거나, 중요한 누군가가 있어서 주기적으로 가야 한다거나, 향수병 때문에 한국이 못 견디게 가고 싶다거나 하는 건 아니었다. 외려 나는 도하 생활이 즐겁고, 그런 나를 두고 친구들은 우스갯소리로 나를 한국 이름이 아닌 크리스티나라고 부르며, 한국인으로서의 나의 정체성을 의심했다.

몇 달간의 집중 공략 끝에 드디어 인천 비행 하나를 받았다. 오랜만에 한국인 승객들과 이야기를 나누다 보니, 한국에서는 많은 이들이 환경호르몬에 꽤 민감하다는 것을 알게 되었다.

보통 비행기에서는 한정된 공간 때문에 음식을 데우기만 하면 섭취가 가능한 반조리 식품이 제공된다. 그런데 비행 혹은 승무원과 관련된 몇몇 블로그에서, 비행기에서 제공하는 음식이 환경호르몬에 속수무책으로 노출되어 있는 패키지에 담겨 조리되어 나오는 무시무시한 음식이라고 겁을 주며, 승무원조차 기내식을 먹지 않는다고 하는 이야기들을 사람들이 의심 없이 그대로 믿는 모양이었다.

물론 사실이 아니다. 수년간 거의 변함없는 운명의 아침 식사인 크루아상과 오믈렛, 프리타타Frittata(오믈렛과 비슷한 이탈리아 요리), 팬케이크, 그리고 점심과 저녁 식사에 제공되는 곡물빵과 포카치아빵, 치킨 혹은 비프의 단품 요리를 우리 크루들은 승객과 함께 먹으며 셀 수 없이 많은 비행을 했다.

10년간 내가 섭취한 기내식이 얼마이며, 그럼에도 내가 얼마나 건강한데. 무엇이든 감사하는 마음으로 즐겁게 먹으면 몸에 그다지 나쁜 영향을 끼치지 않는다고 생각한다. 칼로리 걱정을 안고 사는 현대인 모두를 안심시킨 "맛있게 먹으면 0칼로리"라는 말도 있지 않은가. 전적으로 동의한다. 맛있고 즐겁게 감사히 먹는다면 그 음식은 보약이 되고 내 몸에서 에너지가 된다.

이륙하고 얼마 지나지 않아 식사 서비스가 시작되었다. 우리 항공사에는 승무원에게 운명과도 같고 머피의 법칙 같기도 한 식사 서비스 한계의 법칙이 존재한다. 어떻게 해도 늘 수량이 부족한 유럽 구간의 '파스타' 옵션과 인도 구간의 '채식' 옵션이 그것이다. 참 신기하게도 항공사 식음료팀에서 정한 비율에 맞춰 식사 메뉴를 신중하게 선택해 잘 실어준다 하더라도 결과는 마찬가지다. 파스타를 선호하는 유럽인이 많이 타는 유럽 구간 비행에서는 파스타가 늘 부족하고, 마찬가지로 채식주의자가 월등히 많은 인도인이 자주 이용하는 인도 구간의 비행에서는 채식이 항상 부족하다.

이를 감안하여 메뉴 구성의 비율을 조정하면 희한하게도 그날따라 유럽 구간 비행에 중국 관광객이 단체로 탑승하여, 위풍당당하게 유럽인을 기다리고 있던 파스타들이 모조리 외면당하는 신세가 되고 만다. 메뉴 선택지의 부족으로 먼저 승객에게 양해를 구하고, 어떻게든 고객의 불만을 해결하기 위해 애쓰다 보면 이미 식사 서비스 하나만으로도 승무원의 어깨는 무겁기만 하다. 그러니 매 비행에 앞서 오늘만큼은 승객 모두가 원하는 식사 메뉴를 받고 기분 좋은 식사를 마치고 휴식을 취할 수 있기를 간절히 바라며 식사 서비스를 준비한다.

인천 비행에는 주로 닭갈비, 불고기 그리고 잡채 같은 한식 메뉴가 실린다. 각 구간별 특색에 맞춘 지역별 식사 메뉴 구성이다. 비행 구간별로 식사 메뉴는 달라지지만, 기본 음료의 구성은 변하지 않는다.

언젠가 인천 비행에서 필리핀 동료 크루가 승객이 요청하는 음료를 알아듣지 못해 한국어를 하는 크루를 애타게 찾은 적이 있다.

- 애들아, '쟈뭥쥬스JA-MONG juice'가 뭐야?
- 뭐?
- 어느 아주머니가 나에게 "기브 미 쟈뭥쥬스"라고 말했어. 쟈뭥이 뭐야?
- 하하, 그건 그레이프프루트야. 자몽주스를 말한 거야.
- 오 마이 갓.

고상한 한국 아주머니 한 분이 '자몽'이 영어라고 확신하고, 나의 필리핀 동료 크루에게 계속해서 자몽주스를 부탁하신 거다.

"기브 미 쟈. 뭥. 쥬. 스."

이 작은 에피소드가 긴 비행 내내 우리를 계속 웃게 했다. 나 역시 자몽의 발음이 마치 외국어 같아 충분히 헷갈릴

수 있겠다고 생각했다(사실 자몽은 포르투갈어인 '잼보아zamboa'가 그 어원이다. 이를 일본인들이 '자봉ザボン'으로 발음하다가, 우리나라로 들어오면서 '자몽'이 되었다).

'쟈뭥쥬스'를 우아하게 발음해주신 아주머니가 자몽이 영어가 아니라는 사실을 알게 되었는지는 모르겠지만, 곧 한국인 크루가 다가가 자몽주스는 메뉴에 포함되어 있지 않다고 알려드리며 다른 음료를 권했다. 아주머니는 흔쾌히 오렌지주스를 다시 주문하셨다.

마음 같아선 큰 돈 내고 이용하는 비행인 만큼 많은 것을 충족시켜드리고 싶지만, 한정된 재화 속에서 승객들의 모든 요구를 맞춰드리기란 쉽지 않다. 그럼에도 불평 없이 승무원의 설명을 듣고 이해해주는 분들이 그저 감사할 따름이다.

도하에 돌아가면 이렇게 귀엽고(?) 우아하신 아주머니를 위해 인천 구간에 자몽주스를 넣어줄 수 없는지 식음료팀에 건의를 한번 해봐야겠다. 그레이프프루트 주스가 아닌 자몽주스를 말이다.

미얀마 밀크티가 가장 맛있다

- 헤이 쥬, 오랜만이다. 잘 지내지? 어디 가?
- 너희 나라 수도.
- 양곤? 근데 그거 알아? 양곤이 이제 수도가 아니라는 거?
- 몰랐어. 원래 수도 아녔어? 언제 바뀐 거야?
- 2005년에 산악 도시인 네피도Nepido로 수도를 옮겼지.
- 아하, 그렇구나. 알려줘서 고마워.
- 아냐. 아직 모르는 사람들이 많아. 잘 다녀와. 안전 비행!

미얀마 양곤으로 가는 비행 준비를 위해 브리핑룸으로 향하던 중 오랜만에 버미즈(버마인) 친구 케이를 만났다. 반갑게 안부를 묻고 마침 미얀마의 수도인 양곤에 간다고 자신있게 이야기했다. 케이는 특유의 선하고 밝은 웃음을 지어 보이며, 양곤이 더 이상 미얀마의 수도가 아니라는 사실을 알려주었다.

2005년 11월 미얀마 군사정부는 수도를 양곤에서 핀마나Pyinmana로 이전한 뒤, 2006년 3월 새로운 수도인 핀마나의 이름을 '황도皇都'를 의미하는 '네피도'로 바꿔 부르기로 했다. 핀마나는 오래전부터 미얀마 군대의 거점 지역으로, 지리적 이점 때문에 이곳으로 수도를 이전했다고 한다.

새로운 사실을 알게 되어 기쁜 마음으로 브리핑룸에 들어섰다. 크루들에게 미얀마의 수도에 대해 물어보리라 마음속으로 생각하니 장난스런 미소가 새어나왔다.

한편 '양곤' 하면 떠오르는 건축물이 하나 있다. 거대한 금빛 불탑인 쉐다곤 파고다Shwedagon Pagoda. 미얀마의 상징물이자 세계 불교 신자들의 성지순례지로, 원래는 금판이 붙어 있지 않았으나 1990년대부터 일반인들에게 기증받은 금판을 붙이기 시작했다. 미얀마 역대 왕과 불교도들이 기증한 금판으로 외벽을 장식하면서 화려해지기 시작해, 지금은 각종 보석과 황금으로 뒤덮인 세계적인 불교 유적지가 되었다.

양곤 공항에 내려 호텔에 도착한 우리 여섯 명의 크루들은 서로 눈빛을 주고받으며 관광에 나서기로 합의하고 약속된 시간에 호텔 로비에서 만나기로 했다. 나를 포함해 네 명의 크루가 로비에 모였다. 여섯 명이 약속을 하고 네 명이 내려와 있으면 크루 레이오버 출석으로는 훌륭하다.

대개는 호텔로 향하는 내내 의기투합하여 이걸 하자 저걸 하자 열성적으로 자기 의견을 내곤 하는데, 각자 호텔 방 키를 받고 올라가면 도하로 돌아가는 픽업 때까지 얼굴을 볼 수 없는 경우가 허다하다. 잠깐 눈만 감았는데 일어나보니 열두 시간 뒤였다, 갑자기 집에서 급한 전화가 걸려왔다 등등의 변명은 굳이 하지 않아도 된다. 승무원의 생활 패턴과 신체 리듬을 잘 알기에 우리끼리는 이런 일을 너그러이 이해할 수 있다.

우리 넷은 로비에서 택시를 부르고 두 번 물을 것도 없이 쉐다곤 파고다로 향했다. 불교 사원이라 복장 규정이 엄격했다. 다리와 어깨는 맨살이 드러나지 않게 숄로 감싸야 하고 맨발로 입장해야 한다. 짧은 바지나 민소매 옷을 입고 왔다면 사원에서 숄이나 셔츠를 대여해주므로 그걸 빌려 입으면 된다.

새로운 곳을 방문하는 순간은 언제나 흥분된다. 젊은 청춘 넷은 그렇게 들떠 있었다. 규정에 맞게 복장을 단정히 하고 티켓을 끊은 뒤 드디어 황홀한 금빛 사원으로 들어섰다.

와! 말 그대로 여기 번쩍 저기 번쩍 황금탑이 도처에 가득하고 절을 하며 기도를 드리는 많은 사람들까지, 그야말로 별세계였다. 한참을 정신을 놓고 바라보고 있는데 와이가 어깨를 툭 친다. 인증샷 촬영 시간이다. 우리는 사진을 족히 백장은 찍고 나서야 흥분이 한풀 누그러졌다.

이곳에서는 모두가 그러하듯 바닥에 털썩 주저앉기도 하고 드러눕기도 하며 휴식을 가졌다. 그때 한 아가씨가 나에게 다가와 말을 걸었다.

- 재미있어요?
- 네, 한국말을 하시네요? 저 한국 사람인지 어떻게 아셨어요?
- 저 한국 노래랑 드라마 좋아해서 한국어 공부했어요.
- 우와, 대단하시네요.
- !@#$%^&*%$#@*&^%
- 네? 아… 그… 그러세요?
- *&$#%&!^%$@^$#*^
- 하하, 네. 여기 너무 좋네요.

무슨 말인지 알아듣지 못한 채 어색한 미소와 나의 동문서답으로 우리는 대화를 마무리할 수밖에 없었다. 한국말이 하고 싶어 나에게 말을 걸어온 것 같은데, 그래서 웬만하면 같이 대화를 나누고 싶은데 안타깝게도 한국 대중문화를 좋아하는 이 10대 아가씨가 하는 말을 나는 당최 알아들을 수가 없었다. 영어로도 의사소통이 되지 않았다.

언제부터인가 특히 아시아에서는 내가 한국인이라는 사실을 알아차리는 사람이 많았다. 그러면서 유난히 친근하게 대하거나 가벼운 한국어로 내게 말을 걸어오기도 했다.

내 나라 인지도가 올라간다는 것은 기분 좋은 일이다. 실제로 영국 런던에서 어학연수를 하던 대학 시절과 최근 10년을 비교해보면 한국의 위상은 몰라보게 높아졌다. 한국 음악과 드라마를 좋아해서 한국에 대해 알고 싶어졌고, 한국어를 배우기 시작했다는 사람들을 심심치 않게 보게 된다. 우리의 대중문화가 대한민국의 위상을 높이는 데 일조한 사실을 인정하지 않을 수 없다.

즐거운 투어를 마치고 사원을 나서니 허기가 진다. 연료를 주입하러 갈 시간이다. 어디를 가든 늘 현지 음식을 먹길 원하는 우리는 미얀마 누들을 한 그릇씩 뚝딱 해치우고 디저트로 입가심을 하기 위해 카페를 찾았다. 최근 많은 아시아 국가에서도 흔히 볼 수 있듯이 이곳에서도 한국의 패션과 유통 브랜드, 한국 브랜드의 상점을 많이 볼 수 있었다.

쇼핑몰 1층 정중앙에 위치한 세련되고 모던한 스타일의 베이커리 카페가 눈에 띄었다. 우리는 누가 먼저랄 것도 없이 이끌리듯 들어가 자리를 잡았다. 윈도우 냉장고에 정갈하게 진열되어 있는 파스텔 톤의 케이크와 차를 주문했다.

나는 속칭 밀크티 성애자다. 많은 곳을 다니며 로얄 밀크티, 타이 밀크티, 카락 차이, 마살라 차이 등 여러 종류의 밀크티를 들어도 보고 마셔도 봤다. 하지만 미얀마 밀크티는 처음이다. 처음 접하는 음식은 마셔보고 먹어보고 경험해봐야 한다는 크루 정신을 발휘하여 밀크티를 시켰다.

'이러나저러나 밀크티는 나를 실망시키지 않을 거야. 어찌하든 밀크와 티 아닌가.'

한 모금. 연유의 달콤함이 입 안 가득 풍기는 첫맛은 타이 밀크티를 닮았고, 씁쓰름한 스파이스 향이 감도는 끝맛은 마살라 차이를 생각나게 했다. 미얀마 밀크티에서 두 가지 맛을 모두 느낄 수 있었다. 미얀마가 태국과 인도 중간에 위치하고 있어서일까? 음식에서도 지리적 특징이 느껴졌다.

언젠가 폴란드 친구가 한국의 특징에 대해 물어왔다. 극동아시아 문화권에 익숙하지 않은 누군가가 한국에 대해 물어오면 나는, 중국과 일본 그 중간 즈음에 해당하는 특징을 가지고 있다고 설명한다. 아쉽게도 한국을 잘 모르는 이들도 중국과 일본에 대해서는 조금씩 알고 있기 때문에 그 둘을 등장시켜 설명하면 대체로 쉽게 이해한다.

우리는 지리적·역사적·문화적으로도, 그리고 국민들의 성향을 보아도 이 두 나라의 중간에 위치하는 특성을 보인다. 보편적으로 중국인과 일본인이 외향성과 내향성을 가진 양극단에 있다고 표현한다면, 모자람 없이 예의 바르고 지나침이 없이 다정하고 사교적인 게 한국인이다.

음식을 봐도 그렇다. 중국 내륙의 시뻘건 훠궈와 싱싱한

해산물을 우려낸 뽀얀 국물의 일본 나베, 그리고 빨갛기도 하얗기도 한 우리의 김치찌개와 육개장, 설렁탕이 이를 잘 보여준다. 이 몇 가지 예시가 한 국가의 식문화 혹은 일반 문화를 대변할 수는 없겠지만, 두 나라를 사이에 두고 중간에 위치한 한 국가가 가진 특성과 묘하게 들어맞는다.

나의 설명에 폴란드 친구가 알겠다는 듯 고개를 끄덕이더니, 자기 나라 폴란드와 한국이 비슷한 것 같다고 이야기했다. 폴란드 역시 구소련과 독일 사이에 위치한 지리적 특징과 제2차 세계대전으로 그들이 겪어온 외침의 역사, 구소련과 독일과 함께 공유하고 있는 문화적 특징까지 생각해볼 때 폴란드가 처한 상황이 한국과 많이 닮아 있지 않느냐며 나름의 재미있는 해석을 들려주었다.

따뜻한 찻잔을 손으로 감싸 호로록 밀크티를 마신다. 밀크티 한잔에서 미얀마와 폴란드와 한국을 들여다본다. 그 밖에 우리와 비슷한 위치에 놓인 나라는 또 어디가 있을까.

대한민국에서 나고 자란 내가 미얀마 양곤에서 여러 나라의 친구들과 유적지를 돌아보고, 또 그들의 음식을 맛본다. 오늘도 지난 수년간 있어온 평범한 일상 중 하루겠지만, 끊임없이 나에게 생각할 여지와 가르침을 준다. 이 모두 크루생활이 가져다주는 특권이다. 귀하고 감사한 하루다. 오늘도 새롭게 맞이한 도시에서 즐거운 레이오버가 저물어간다.

여행의 '대가大家'가 치른 여행의 '대가代價'

우리 항공사가 취항하는 중남미는 브라질의 상파울루와 아르헨티나의 부에노스아이레스 단 두 곳뿐이다. 다른 많은 대륙은 물리도록 다녀봤지만 중남미는 갈 기회가 많지 않다. 한국에서도 카타르에서도 중남미는 물리적으로나 또 심정적으로나 멀었다.

벼르고 벼른 끝에 이번 휴가 때는 중남미 멕시코의 대표적인 휴양 도시인 칸쿤에 가겠다고 절친한 친구 에이와 의기투합하여 계획을 세웠다. 멕시코 동료들에게 자문을 얻어 도하에서 마이애미를 거쳐 칸쿤으로 가는 길을 선택했다. 긴 비행시간임에도 회사에서 배려해준 비즈니스 좌석 덕에 마이애미까지는 편하게 도착했다.

항공사 직원에게는 서브로드 티켓이라 하여 전 세계 많

은 항공사들이 연계하여 항공기에 좌석이 남는 경우에 한해 10분의 1 정도의 가격만 지불하면 비행기를 탈 수 있는 특권이 주어진다. 그러나 해당 편의 좌석이 남아 있는 경우에만 해당된다. 그러다 보니 성수기에는 하염없이 하루 종일 기다려야 하는 일이 생기기도 한다.

칸쿤으로 가는 비행기는 매 시간마다 있었지만 매 비행마다 만석이었다. 기약 없는 기다림이 시작됐다. 한 대를 보내고 또 한 대를 보내고… 그렇게 오후 내내 비행기를 보내고 또 보냈다. 오늘 저녁 칸쿤에 도착하지 못하면 예약한 호텔의 1박을 날려 보낼 판이었지만 무엇보다 체력적으로 슬슬 지치기 시작했다.

몇 시간을 공항에서 이리저리 치이다 보니 다크서클이 무릎까지 내려와 닿을 지경이었다. 한 번도 이런 적이 없었는데 제발 나 좀 태워달라는 애원의 목소리가 절로 나왔다. 극적으로 그날 밤 마지막 편의 비행기를 타고 칸쿤에 도착했다. 할렐루야!

공항에 내리니 늦은 시각임에도 관광객과 호객꾼이 뒤엉켜 장사진을 치고 있었다. 우선 준비해온 달러를 멕시코 화폐로 환전을 하고 교통편을 구하러 공항을 나서는데, 한 무리의 관광 상품 호객꾼들이 우리를 불러 세웠다. 귀가 얇아 펄럭이기로 둘째가라면 서러운 나의 친구 에이가 친히 그들을 영접했다.

치첸이트사Chichén Itza, 바야돌리드Valladolid 마을, 세노테Cenote까지 한 번에 둘러볼 수 있는 패키지였다. 옆에서 듣고 있자니 솔깃해진다. 어느덧 나까지 합세해 허술한 우리 둘은 노련한 호객꾼 앞에서 귀를 펄럭이고 있었다. 어리바리 홀린 듯 투어 일정을 예약하고 약속한 돈을 지불하고는 공항을 나섰다. 뭔가 찜찜한 기분이 느껴졌지만 이미 돈도 다 지불했고 여행 온 첫날이니 기분 좋게 일정을 시작하기로 했다.

이튿날 아침 일찍부터 투어가 시작됐다. 마야문명을 직접 눈으로 볼 생각을 하니 몹시 설레었다. 치첸이트사는 멕시코 남부의 유카탄반도에 위치한 마야 유적지다. 유적지로 가는 길에는 지금도 마야인들이 거주하고 있는 바야돌리드 마을과 마야인들의 성스러운 우물이라 불리는 세노테가 있다. 이 모든 것을 하루에 다 보고 올 생각을 하니 흥분되어 발걸음이 가볍기만 했다.

관광객을 가득 태운 버스가 드디어 출발했다. 가장 먼저 바야돌리드 마을에 도착했다. 전통 의상을 입은 마야 여인들이 지나갔다. 작고 통통하고 어딘지 동양인을 닮은 듯한 귀여운 모습이다. 이곳에서 가장 인상적인 것은 공원에 있는 하얀 의자 두 개였다. 어느 공원이나 일자형 벤치가 있게 마련인데, 이곳에는 벤치 대신 1인용 의자 두 개가 엇갈려 서로를 마주하고 있었다. 막 시작하는 연인이 마주 앉는다면 없던 사랑도 샘솟을 듯한 로맨스가 느껴졌다. 상상만으로도 황홀했다.

그렇게 홀로 의자에 기대 앉아 짜릿한 상상을 즐기고 있는데, 저 멀리 가이드가 내게 손짓을 한다. 그러고 있을 때가 아니라고. 얼른 꿈 깨라고. 지금 당장 치첸이트사로 출발해야 한다고.

패키지 여행의 한계인가. 누군가가 모든 일정을 계획해 놓았다는 것이 편리함을 주기도 하지만, 한편으론 주체적으로 움직일 수 없다는 아쉬움이 남기도 한다. 단체 생활에 익숙한 어른이니 아쉬움도 잠시, 후닥닥 버스에 올라탔다.

치첸이트사에는 돌로 된 건축물이 여럿 있는데 그중 가장 유명한 것이 피라미드다. 주차장은 이미 수많은 관광버스로 빈틈이 없다. 사람들을 비집고 가이드를 따라 나선다. 태양이 무척이나 뜨거워 어질어질하다. 과거 공놀이를 했다는 경기장에서 설명을 듣고 이곳저곳을 들러 피라미드 앞에 다다르니 더 이상 이 땡볕에 돌아다닐 자신이 없다. 당장 이 자리에서 꼴까닥 쓰러질 것만 같다.

그 옛날 사람들은 이곳에서 어떻게 지냈을까? 이 땡볕에 저 피라미드는 어찌 지었을까? 작렬한다는 말이 한 치의 오차도 없이 딱 맞아떨어지는 이곳의 태양은 사막 도시에서 수

년간 살고 있는 땡볕 전문가인 나에게도 하드코어였다.

찍는 둥 마는 둥 대충 인증샷을 남기고 주어진 자유 시간을 무시하고 버스로 돌아왔다. 에어컨이 빵빵하게 나오는 버스에 몸을 맡기니 살 것 같다. 버스에는 나와 친구뿐만 아니라 다른 무리들도 돌아와 있었다. 그들과 자연스레 대화가 이어졌다.

- 어떻게 예약하셨어요?
- 저희는 호텔에서 예약하고 바로 왔어요. 더운 것만 빼면 우리 둘이 온종일 50달러니, 그것도 나쁘지 않네요.
- 잠깐만요, 지금 얼마라고 하셨어요? 한 사람이 50달러요?
- 아뇨, 두 사람이 50달러요.

우리는 정확히 네 배, 그러니까 한 사람당 미화 100달러씩 내고 이곳에 왔다. 우리와 대화를 나눈 이들은 스페인어를 구사하는 옆 동네에서 온 사람들이었다. 아무리 그래도 그렇지, 네 배는 터무니없지 않은가! 공항을 나오면서 느꼈던 그 찜찜한 기분이 그냥 기분 탓은 아니었던 것이다. 하루종일 공항에서 진을 빼앗기고 멕시코 공항에 도착한 우리는 숙련된 장사치들에게 귀엽기 짝이 없는 손쉬운 먹잇감이었던 것이다.

이제 와서 뭘 할 수 있겠냐마는 그 사실을 알게 된 나의 친구 에이는 분이 풀리지 않는 모양이었다. 에이는 곧바로 공항의 호객꾼이 소속된 관광업체에 전화해 적극 항의했다. 하지만 돌아온 것은 자기들은 그저 에이전트뿐이라는 대답이었다. 게다가 다음 목적지인 세노테에 도착했지만 우리에게는 수영복이 없었다. 우리를 제외한 모두가 수영복을 준비해온 덕에 치첸이트사에서 지친 몸을 세노테의 천연 우물물에 몸을 담그며 더위를 식혔다. 우리만 아무런 설명도 듣지 못했기에 수영복은커녕 수건 한 장 준비해오지 못했다.

더위에 지칠 대로 지친 데다 예상치 못한 사실까지 알게 돼 멕시코에 대한 인식이 조금씩 부정적으로 변하기 시작했다. 돈도 날리고 기분도 상하는, 한마디로 결코 유쾌하지 않은 경험이었지만 값비싸게 수험료를 치르고 나서 이것 하나는 분명하게 배웠다.

"타지에서 무언가를 구매하거나 예약할 때는 반드시 재접근이 용이한 곳에서 할 것!"

다시 말해 언제든 찾아가 반품을 요구하거나 환불을 요구할 수 있어야 한다는 것이다. 특히 타지에서는 현지의 상황을 잘 모르기 때문에 언제든 다시 찾을 수 있는 곳이 안전하다. 상대도 내가 언제든 다시 올 수 있다는 것을 알기에 크게 사기 칠 생각을 하지 못한다. 특히 호텔과 연계된 곳은 내가 오늘밤에 다시 돌아갈 곳이기도 하고 호텔의 브랜드에도 영향을 미칠 수 있기 때문에 웬만해선 사기를 치지 않는다.

수년간의 크루 생활로 나는 어떠한 환경에서도 글로벌하게 처신할 수 있다고 자신했는데, 이번에는 정말 된통 당했다는 표현이 딱 어울렸다. 그날 밤 우리는 오늘의 경험을 "어떤 일이든 자신하되 자만하지 말자"라는 가르침으로 받아들이고, 이 웃지 못할 해프닝을 진한 테킬라 한잔으로 시원하게 털어냈다.

아디오스Adios, 멕시코!

꿈이 현실이 되는 순간_
살사의 나라에 가다 1

오래전부터 시간만 허락된다면 반드시 해보고 싶은 것이 두 가지 있었다. 하나는 중남미에 가서 살사댄스를 배우는 것이고, 다른 하나는 인도네시아 발리에서 서핑을 마스터하는 것이다.

서핑을 하려면 무엇보다 다리와 코어 근력이 필요하기에 미리미리 몸을 만들어두어야 한다. 그리고 살사는 예전에 쿠바 아바나의 살사 클럽에서 침만 질질 흘리고 돌아온 경험이 있기에 이후로 오랫동안 살사댄스를 배우겠노라고 다짐했다. 살사댄스 혹은 서핑. 올해 긴 휴가를 이용해서 나는 이 두 가지 중 하나를 무조건 선택할 것이다.

나도 알고 당신도 알고 우리 모두가 아는 우리 몸의 진실이 하나 있다. 우리가 원하는 상태의 완벽한 몸은 지금도 후에도 결코 만들어지지 않을 것이라는 사실이다. 아직은 서핑을 마스터하러 가기 위한 몸이 아니라고 나를 설득해가며 살사 쪽으로 서서히 마음을 굳혔다.

살사댄스는 크게 세 가지로 스타일이 구분된다. 쿠바, 푸에르토리코 그리고 콜롬비아의 칼리. 가장 심플한 살사댄스로 알려진 것이 쿠바의 살사고, 가장 현란하고 화려한 살사가 콜롬비아 칼리 스타일이다.

살사댄스의 수도, 콜롬비아의 '산티아고 데 칼리!'

인터넷을 뒤져 검색해보니 콜롬비아 칼리 살사가 가장 매력적으로 다가왔다. 그러나 매력적인 설명 뒤에 '세계에서 가장 위험한 도시'라는 부연이 따랐다. '혼자 가는 중남미는 처음인데, 괜찮을까?' 하는 걱정이 슬쩍 고개를 들었다.

영화나 드라마에 등장하는 콜롬비아는 극단적으로 말하면 마약, 매춘, 조직 폭력, 살인 등의 범죄가 끊이지 않고, 기관총으로 사람을 죽이고 선혈이 낭자한 시체가 여기저기 널브러져 있어도 누구 하나 대수롭지 않게 생각하는 그런 곳이 아닌가. 실제로 마약 밀매와 관련된 기사에서도 콜롬비아는 빠지지 않고 등장하고, 콜롬비안 모두가 마약 밀매자요, 조직 폭력배인 듯한 인상마저 풍겼다. 한국에 있는 친구들도 여자 혼자 콜롬비아에, 그것도 한 달씩이나 가는 것은 미친

짓이라며 극구 반대했다.

하지만 나는 생각이 좀 달랐다. 예전에 쿠바로 여행을 다녀온 경험이 있고(물론 혼자 간 여행은 아니었지만), 무엇보다 나의 마음가짐이 남달랐다. 어디나 사람 사는 동네인 데다 어느 도시나 위험한 건 마찬가지고, 위험한 시간대에는 그런 곳에 있지 않으면 될 터였다.

먼저 코스타리카 친구에게 중남미 여행에 대한 조언을 구했다. 돌아온 대답은 "우리 집에 가 있어"였다. 굳이 콜롬비아까지 갈 필요가 있겠느냐며 중남미에 가고 싶다면 동네 댄스 학원을 알아봐줄 터이니 자기네 집에 가서 엄마, 오빠랑 오손도손 잘 지내다가 오라고 했다. 멕시칸 친구에게도 묻고, 중남미의 모든 친구에게 자문을 구했다. 그들의 대답은 하나같이 "우리 집에 가 있어"였다. 이렇게 고마울 데가. 역시 중남미인들의 진심 어린 환대와 보살핌은 누구도 따를 사람이 없다.

많은 고민 끝에 결국 칼리에 가기로 결심했다. 친구들에게는 사랑과 감사의 마음을 담아 정중한 거절의 메시지를 보내고 칼리에 가겠노라 이야기했다. 그러자 동료 하나가 콜롬비아 친구를 소개해주었다. 칼리에서 오래 일했다는 콜롬비안 동료였다. 내가 콜롬비아에 가겠다 했더니 무척 기뻐했다. 드디어 중남미인이 아닌 아시아인도 자기네 동네로 여행을 간다며, 사람들이 콜롬비아에 대해 알고 있는 것은 무척이나 과장된 것들이기에 안심하고 떠나도 된다며 나를 적극 응원해주었다.

먼저 숙소부터 알아봤다. 가족과 친구들에겐 아무 일 없을 거라고 안심시켰지만, 막상 숙소 생각을 하니 무조건 안전한 곳으로 알아봐야겠다는 생각이 들었다. 물가가 그리 비싸지 않으니 5성급 호텔을 예약하는 것은 어떨까 하는 생각이 아주 잠깐 머리를 스치고 지나갔지만 곧 생각을 고쳐먹었다.

콜롬비아로 여행 온 낯선 동양 여자가 한 달간 5성급 호텔에 머물며 매일 같은 시각에 어딘가로 향한다? 차림새로 보아 출근하는 것 같지는 않고, 이곳에 속한 공동체가 있을 리도 없고, 그저 여행 온 듯 보이는 여자가 혼자서 매일 5성급 호텔에서 동네 살사아카데미로 출퇴근한다면 나쁜 마음을 먹은 누군가에게는 훌륭한 먹잇감이 될 수도 있다. 따라서 무조건 사람이 많은 곳으로 가야 했다. 그리고 한 달이 결코 짧은 기간은 아니기에 최소한의 공동체에 소속되어 있을 곳이 필요했다.

문득 몇 년 전에 묵은 예루살렘의 호스텔이 떠올랐다. 젊은 청춘들이 가방 하나 메고 물밀듯이 밀려드는 곳. 게다가 꽤 안전한 곳. 곧바로 호스텔을 알아보기 시작했고, 여러 번의 검색 끝에 가장 마음에 드는 곳을 하나 발견했다. 인스타그램으로 사진과 액티비티 등을 확인하고 메시지를 보냈다.

- 안녕하세요. 칼리에서 한 달간 머물며 살사댄스를 배우고 싶은데, 제가 머물 곳이 있을까요?
- 반가워요. 물론이죠. 언제든 오세요. 우리는 모두 가족이고 우리 호스텔은 모든 이의 집이에요.
- 예약을 하려면 어떻게 해야 하나요? 예약금은 어디로 보내나요?
- 예약 일자만 받아둘게요. 약속한 일자에 그냥 오세요.
- 오, 그럼 그날 그곳에서 뵈면 될까요?
- 네, 즐길 준비만 단단히 해서 오세요. 칼리에서 만나요!

놀라운 사람들. 문자 메시지에서도 그들의 열정이 느껴졌다. 숙소도 준비가 되었고, 비행기야 언제든 준비가 되어 있으니 이제는 떠날 일만 남았다. 그간의 걱정과 두려움이 사라지고 기대가 차올랐다.

'꿈을 꾸고 그 꿈을 놓지 않으면 결국 현실이 되는구나.'

꿈이 현실이 되는 순간이 내 눈앞에 와 있었다.

춤바람으로 얻은 작은 성취_
살사의 나라에 가다 2

도하에서 칼리로 가는 루트는 두 가지다. 하나는 마이애미를 통해 가는 것, 그리고 다른 하나는 마드리드를 거쳐 가는 것. 마드리드를 거쳐 가면 콜롬비아 보고타Bogota에서 한 번 더 갈아타야 하기에 마이애미를 거쳐 가기로 결정했다. 최대한 간소하게 가방을 꾸려 수화물로 부치는 가방이 없도록 만들었다. 기내용 트롤리 하나와 백팩, 그게 전부였다.

열네 시간에 가까운 장거리 비행이어서 비즈니스 좌석을 예매했지만 안타깝게도 만석인 관계로 이코노미석에 자리해야 했다. 하루를 기다려 다음 날 비즈니스석을 이용할 수도 있었지만 마음은 이미 콜롬비아에 가 있었기에 하루빨리 나의 몸도 마음을 쫓아가야 했다.

책도 보고 잠도 청하고 그 긴 시간이 어떻게 흘렀는지 모르게 어느덧 착륙을 앞두고 있었다. 승무원이 모든 객실의 착륙 준비를 마치자 기장의 기내 방송이 들려왔다. 마이애미 공항의 기상 악화로 인근의 플로리다 공항에 우회 착륙을 한다는 것이었다.

오래전 두바이로 가는 비행이었는데, 착륙 직전 샤르자 공항으로 우회 착륙을 했던 기억이 떠올랐다. 당시에도 기상 악화로 바람이 무척 심하게 불었더랬다. 기장의 설명이 이어지고 샤르자 공항에 안전하게 착륙하여 크루가 기내를 확인하고 있을 때였다. 몇몇이 주섬주섬 가방을 들고 앞으로 오더니 자신의 집이 두바이보다 샤르자에서 더 가까우니 내리겠다고 떼를 썼다.

오늘도 비바람이 엄청 몰아친다. 그리고 우연인지 필연인지 뒤에서 누군가의 목소리가 고막을 때린다. 자기 집이 마이애미보다 플로리다에서 더 가까운데 내릴 수 없냐고. 역시 우리가 살고 있는 지구라는 행성 어디서나 생각하는 건 비슷하구나.

예정된 도착 시간을 훌쩍 넘겨 내 생애 두 번째 우회 착륙을 경험하고 마이애미에 도착했다. 거의 자정이 다 되어서야 공항에 내렸기에 하루 한 편 있는 칼리로 가는 연결 편은 이미 떠나고 없었다. 스무 시간 남짓 기다려야 다음 편을 탈 수 있는 상황이었다. 마냥 기다릴 수가 없어서 그 자리에서 바로 다른 옵션들을 검색했다. 이곳 마이애미 공항에서 칼리로 갈 수 있는 차선책은 보고타를 거쳐 가는 것이었다. 마이애미에서 보고타로 가는 노선은 이른 새벽에도 여러 개가 있었다. 우선 가장 이른 시간에 출발하는 비행 편을 예매했다.

이미 자정이 넘은 시간이라 시내로 나가기도 애매했다. 공항에서 밤을 보내야겠다고 생각했다. 예전에 혼자 스위스 루체른으로 여행을 갔을 때다. 취리히에서 비행기를 타야 하는데, 루체른에서 열차를 타고 취리히 공항에 도착하는 시간이 자정에 가까웠다. 참고로 내가 도하의 집으로 돌아가는 비행기 시간은 새벽 5시경이었다. 호텔에 가기도 애매한 시각이라 취리히 공항에서 밤을 보냈다. 처음에는 무서운 생각도 들었지만 적지 않은 사람들이 공항 이곳저곳에서 밤을 새고 있었고, 경찰 또한 자주 순찰을 돌고 있었기 때문에 안심하고 벤치에서 잠을 청했다. 그때 기억이 떠올라 마음이 편안해졌다.

우여곡절 끝에 보고타를 거쳐 칼리에 도착했다. 드디어 콜롬비아 입성이다. 앞뒤좌우 사방을 둘러보아도 마약상 같은 이는 보이지 않았고, 모두가 자기 일에 집중해 있었다. 역시 사람 사는 곳이 다 거기서 거기다.

공항에서 우버를 불러 타고 호스텔로 향했다. 그다지 이른 아침도 아닌데 호스텔은 한산했다. 앞으로 내가 지내게 될, 여자들만 지내는 8인실 숙소를 안내받았다. 깨끗하고 정감 있는 분위기가 마음에 들었다. 방은 여덟 명이 정원이지만 현재는 나를 포함해 세 명이 사용하고 있었다. 그리고 며칠 뒤엔 만실이 될 거라고 했다. 나와 마주 보는 침대에 누군가 이미 자리를 잡았는지 짐이 부려져 있었다.

드디어 도착했다는 안도감이 밀려왔다. 침대에 잠시 몸을 뉘었다. 나의 맞은 편 침대 주인이 방으로 들어왔다. 통성명을 하고 간단하게 자기소개를 했다. 스위스에서 온 에스. 그녀는 제네바 출신으로 하프 스위스, 하프 스페니시였다. 졸업을 하고 직장을 다니다가 하고 싶은 일을 찾아 현재는 직장을 그만두고 다시 학교로 돌아가 학업에 정진하고 있다며, 지금은 방학을 맞아 콜롬비아를 여행하는 중이라고 했다. 그녀와 나 모두 칼리는 처음이었다.

나의 목표는 관광이 아닌 오직 살사댄스였기에 이곳저곳 옮겨 다닐 생각이 없었지만, 에스는 며칠 후 콜롬비아의 메데인Medellín(메데진)과 카르타헤나Cartagena를 방문할 예정이라고 했다. 메데인은 나도 많이 들어본 곳으로, 얼마 전 콜롬비안 크루와 비행을 갔을 때 자기가 메데인 출신이라며, 그곳에서 가야 할 곳과 해야 할 일들을 정성껏 알려주었던 기억이 있다. 이야기를 나누며 짐을 풀면서 오늘은 숙소에서 휴식을 취하고 내일부터 본격적으로 살사댄스 수업에 참여하기로 했다.

콜롬비안 동료와 이곳 호스텔 사람들에게 의견을 물어 살사아카데미 한 곳을 정했다. 한 번 정도 시범 수업을 받아 보고 장기 수업을 결정하는 것이 좋을 것 같아서 일단 가보기로 했다. 한 시간 내에 닿을 수 있는 거리는 되도록 걷는 쪽을 선호하는데, 낯선 도시에서의 초행길이라 우버를 타고 갔다.

- 살사댄스를 배우고 싶어서 왔어요.
- 한국인인가요?
- 맞아요. 와, 저에게 중국인이냐고 묻지 않는 게 놀라워요.
- 칼리에 살고 있는 한국인 여성이 있어요. 우리 친구인데 당신도 한번 만나볼래요?

살사 마스터 두 명을 소개받고 기분 좋은 첫 수업을 마치고 장기 수업권까지 끊고 나서 호스텔로 돌아왔다.

칼리에서는 색다른 것이 하나 있었다. 동남아시아를 제외한 이 지구상 어디서든 길을 걷고 있으면 열에 아홉은 "니하오", "차이나 차이나" 하고 놀리듯 말을 걸어오는데, 이곳에서는 너무도 정답게 "올라, 꼬레아나(안녕, 한국 아가씨)"라며 먼저 인사를 건넸다. 중국인과 한국인을 구분하기가 쉽지 않을 텐데, 칼리에 살고 있다는 그 한국인 여성 때문일까. 모두들 나를 '한국 아가씨'라고 부르며 인사를 건네는 것이 놀라우면서도 반갑고 고마웠다. 정다운 인사 한마디에 친밀감이 물밀 듯 밀려왔다.

말 그대로 춤바람이 났다. 매일 두 시간에서 길게는 여섯 시간씩 춤을 췄다. 낮에는 수업을 받고 밤이 되면 호스텔의 친구들과 어김없이 살사 클럽에 갔다. 한마디로 실전 연습이다. 낮에 배운 것들을 하나씩 써먹어본다. 언제나 "아주 잘했어요Muy bien!"를 잊지 않는 이 친절한 사람들은 저 멀리 동양에서 온 초보 살사인의 엉성한 스텝도 유쾌하게 다 받아주며 사기를 북돋아준다.

어정쩡하게 어영부영 따라하던 동작이 제법 내 것다워지고 있었다. 오랫동안 꿈꿔온 시간이었기에 긴 수업과 매일 밤 살사 클럽에서의 실전 연습에도 지치지 않았다. 역시 누가 시켜서 할 수 있는 것이 아니었다. 스스로 재미를 찾아 열정을 가지고 하는 일에는 피로가 빗겨갔다. 땀과 성취에는 치유의 힘이 있었다. 매일의 땀과 작은 승리가 나를 조금씩 성장하게 해주었다.

나는 평소 자전거 타기를 즐긴다. 한 시간을 꼬박 타고 나면 자전거에서 내려올 때 죽을 것만 같다. 언젠가 친구 하나가 대충 설렁설렁 적당히 하면 될 것을 왜 그렇게 죽을 것처럼 운동을 하느냐고 물었다. 죽을 것 같은 운동은 살고 싶게 하기 때문이다. 물리적으로 숨이 턱 끝까지 차오르고 숨이 모자라 머리가 띵해지고 더는 한 발짝도 움직일 수 없을 것 같은 극한에 다다르면 그제야 나는 내가 절대 죽지 않을 것임을 깨닫고 살아 있음에 감사를 느낀다. 아이러니다.

죽을 것 같은 운동이 나를 살리고 나를 살아가게 한다. 내게는 가쁜 숨을 내쉬어도 끄떡없는 젊은 심장과 폐가 있고, 어디든 갈 수 있고 무엇이든 할 수 있는 두 팔과 두 다리가 있다. 그 자체만으로도 큰 축복이다. 그리고 이 단순한 명제를 깨닫게 해주는 것이 바로 땀과 성취다. 칼리는 내게 매일의 땀과 작은 승리를 경험하게 해주었다.

발리,
너는 사랑이야

자유와 젊음이 넘실대는 곳이 발리다. 셀 수 없이 자주 왔고 올 때마다 즐겁고 다양한 경험을 선물해준 발리. 이번엔 늘 찾던 발리를 벗어나 근처의 섬에 가보기로 했다. 발리에서 멀지 않은 곳에 위치한 작은 섬 길리 트라왕안Gili Trawangan. 발리의 북적이는 분위기를 사랑하지만 가끔은 조용하고 한적한 느낌이 그립기도 해서 짧은 일정을 쪼개어 먼저 길리로 향했다.

길리에는 그 흔한 자동차도 오토바이도 없었다. 워낙 작은 섬이라 교통수단이라고는 말과 자전거가 전부였다. 우기였던 터라 비가 오락가락 쏟아졌다. 마차에 짐을 싣고 달려 숙소에 도착했다.

우선 허기부터 달래야 했다. 짐을 내려놓고 저녁을 먹으러 나가려고 보니 자전거 말고는 이용할 수단이 없었다. 평소 자전거 타는 걸 좋아하기 때문에 큰 문제는 아니었지만,

갑자기 비가 쏟아질까봐 조금 걱정이 되긴 했다.

'그래, 뭐 어때. 일단 가보는 거지 뭐.'

저녁 식사를 마치고 집으로 돌아가는 길이 문제였다. 숙소에서 나올 때는 살금살금 얌전하게 내리던 비가 한 시간도 안 돼서 하늘에 구멍이 뚫린 듯 억수같이 쏟아졌다. 사방이 진창으로 변하고 아무것도 보이지 않았다. 좁은 골목길에 가로등 하나 설치되어 있지 않았다. 모든 것이 놀라우리만치 친환경적이었다. 아무리 기다려도 금세 멈출 것 같지 않았다. 하는 수 없이 빗속을 달려 숙소에 돌아가기로 했다.

우산도 우비도 없었다. 조도가 낮은 작은 전조등 하나가 자전거에 달랑달랑 매달려 있을 뿐이었다. 이 등 하나에 의지해서 빗속을 뚫고 가야 했다. 출발하기 전 GPS로 가는 길을 숙지했다. 이 빗속에 도중에 멈춰 서서 휴대전화를 다시 꺼내 보는 건 엄두도 내지 못할 일이기에 가는 길을 정성껏 암기했다.

'골목 두 개를 지나 좌회전, 그리고 네 개의 골목을 지나서 다시 좌회전… 이게 최선이다. 그래, 가보자.'

심호흡을 크게 한 번 하고 출발하는데, 자전거에 안착한 지 1초도 안 돼 온몸이 빗물에 흠뻑 젖었다. 시야를 확보하기 위해 고개를 살짝 숙이고 페달을 밟았다. 칠흑 같은 어둠을 무작정 달려 나아갔다. 어둠과 미지의 발끝이 공포스러워 멈춰 서면 여지없이 넘어졌다. 다시 일어나 나아가려면 배로 힘이 들었다. 멈추면 안 된다는 것을 알았다.

여러 번 진흙탕에 고꾸라질 뻔했지만 멈추지 않았다. 넘어질 게 두려워 속도를 줄이고 주춤거리면 진짜 진흙탕에 꼬꾸라져 그 진창을 헤쳐나오는 데 엄청난 시간과 에너지를 소비하게 될 것이고, 다시 추진력을 얻기 위해선 곱절로 노력해야 할 터였다. 속도를 줄이지 않고 더 세차게 페달을 밟으며 되뇌었다.

'난 갈 수 있다. 장애물과 진흙탕을 다 뛰어넘을 수 있다.'

그렇게 비를 온몸으로 맞으며 전속력으로 달렸다. 어떤 불빛 하나 인적 하나 보이지 않는 길을 오로지 감각에 의지해 헤쳐나간 끝에 익숙한 골목에 닿았다. 숙소가 보인다. 안도감이 밀려왔다. 집이다.

우리 모두는 완벽을 꿈꾸지만 사실 완벽이란 건 없다. 모든 것이 완벽하게 준비된 후 시작되는 것은 아무것도 없다. 완벽이라 생각하지만 과정 가운데 예기치 못한 문제가 발견될 수도 혹은 발생할 수도 있다.

나 또한 완벽을 꿈꾸며 살았다. 언제나 완벽에 가까운 상태를 기대했다. 하지만 우리는 그 누구도, 그 어떤 것도 완벽할 수 없다는 걸 잘 알고 있다. 다만 완벽에 가까워지려는 노력, 그리고 완전해지려고 하는 그 순간을 완벽이라고 정의

해왔다. 지금 나의 순전한 노력이 완벽에 가까워지려고 하는 그때가 바로 완벽이다. 그렇게 준비를 마쳤다면 달려나갈 일만 남은 거다. 뒤도 돌아보지 않고.

물론 우리가 함께 잘 살기 위해서는 뒤도 돌아보고 양옆도 챙겨가며 더불어 살아야 한다. 나도 그렇게 서로를 보듬어가며 살아가고 싶다고 늘 생각한다. 그러나 사람은 때에 따라 인정사정없이 앞만 보고 달려가야 하는 시기가 분명히 있다. 어렵사리 장착된 추진력이 동력을 잃고 넘어지지 않기 위해서는 필연적이다. 자전거 핸들에 달린 작고 흐릿한 전조등 하나에 의지해 세찬 빗속을 뚫고 진흙탕을 뛰어넘으며 생각했다. 지금 나는 더 힘차게 달려나가야 할 때라고.

다시 발리로 돌아왔다. 우기인 날씨 속에서도 발리는 발리인지라 쨍한 날이면 나도 모르게 홀린 듯 바다로 나갔다. 비치보이들의 호객 행위에 적당히 홍정을 더해 서핑을 하기로 했다. 숙소는 요즘 가장 핫하다는 '짱구Canggu'라는 지역에 자리 잡고, 서핑은 초보자에게 안성맞춤인 파도가 있는 세미냑Seminyak 비치에서 연습하기로 했다.

수년째 초보자인 나는 서핑을 시작하기에 앞서 늘 이론 교육을 새로 받았다. 그리고 강사들은 교육 때마다 늘 '시선'에 대해 주문했다. 나의 눈길이 머무는 곳, 나의 눈과 마음과 정신이 집중되는 곳, 그곳에 에너지가 집중되기 때문이다.

기구를 사용하는 운동이라면 끝까지 공이나 화살촉 같은 사물에 시선을 떼지 말라고 주문할 것이고, 그 밖의 운동은 대체로 시선을 정면에 두고 자세에 집중하라고 할 것이다. 서핑도 마찬가지다. 일단 파도에 올라타면 시선을 정면으로 바라봐야 한다. 아래를 내려다봐서도 위를 향해서도 안 된다. 내가 나아가는 방향인 정면을 응시하지 않으면 에너지가 분산되고, 결국 물속으로 추락하고 만다.

파도를 타는 타이밍 역시 중요하다. 정확한 타이밍에 두 팔로 노를 저어 파도가 서핑보드의 꼬리에 닿아 보드가 온전한 속도를 받으면 그때 몸을 일으켜 파도를 타야 한다. 그러고 나서 정면을 응시하고 앞을 향해 나아가면 되는 것이다. 인정사정 보지 않고 달려나가기 위해서는 정확한 목표 지점이 필요하다. 그리고 서핑보드가 파도에 실리듯이 추진력이 장착되었다면 이제 달리기만 하면 된다. 파도에 몸을 맡긴 채 출렁출렁 이 기분을 즐기면 된다.

넘실대는 파도에 여유 있게 올라타 멋지게 미끄러지는 서퍼들을 보고 있자니 어릴 때 처음 스키를 배우던 생각이 났다. 스키를 신고 A자를 만들어 내려오는 초보자 과정을 눈 위에서 자빠지고 구르기를 거듭하며 반복 또 반복했다. 어떤 운동이든 초보 과정은 그다지 즐겁지가 않다. 끝없이 반복해야 익숙해지는 기본자세를 몸에 익히기 위해 견뎌야 하는 그 과정은 지난하기가 이를 데 없다. 그리고 서서히 지치기 시작한다. 처음 시작했을 때의 설렘이 점점 빛바래지며 흥미를 잃어가려는 그때, 생각지도 못하게 부모님이 멋진 스키 장비 세트를 선물로 주셨다.

'됐다. 이때다!'

나에게 꼭 맞는 스키 장비가 마련되자마자 나는 신이 나서 다시 스키를 타러 나갔다. 쉬지 않고 올라갔다 내려오기를 반복하며 스키를 몸에 익혔다.

서핑을 다시 시작하는 지금 이 순간, '이때다!'라는 생각이 들었다. 수년간 발리에 와서 매번 서핑을 시작했지만 늘 초보자를 벗어나지 못했다. 어린 시절 부모님이 선물해주신 스키 장비 덕분에 스키를 배울 수 있었던 것처럼 서핑보드를 사야겠다고 마음먹었다. 지금이야말로 '장비발'이 필요한 때였다. 나는 중고 보드를 구매해서 신나게 바다로 향했다.

- 아빠까빠(안녕하세요).
- 곤니치와.
- 안녕하세요. 저 한국 사람이에요.
- 오, 안녕하세요.
- 제가 이제 막 초보자를 벗어났는데, 서핑을 할 수 있을까요?
- 서핑을 얼마나 했고 어느 정도 합니까?

- 매년 초보자로 오래 했고, 이제 보드 위에 서서 어느 정도 움직일 수 있어요. 그래서 보드도 구매했어요. 이거예요.
- 음, 이 보드는 초보자용 보드가 아닌데요? 완전 프로 서퍼용 보드예요. 그리고 여기 자세히 보세요. 금이 가고 부서진 흔적이 있네요. 사고가 있었던 보드예요.
- 설마요. 그런 이야기는 듣지 못했어요. 그리고 구매할 때 제 서핑 실력에 대해 충분히 설명했고, 그에 적합한 보드를 추천받았어요.
- 미안하지만 이 보드는 지금 당신의 실력에 적합한 보드가 아니고 썩 좋은 보드도 아니에요.

준비 없는 즉흥적인 욕심이 이 사달을 냈다. 나는 망가진 서핑보드를 말도 안 되는 가격에 구매한 것이다. 말하자면 대형사고가 난 자동차를 아무런 확인도 하지 않고 새 차와 맞먹는 가격에 덜컥 사버린 것이다.

업자는 이미 떠났고, 나는 할 수 있는 게 아무것도 없었다. 잠깐 동안 화가 너무 나서 씩씩댔지만, 여행에서 얻는 또 하나의 가르침이라 생각하는 수밖에 없었다. 지금으로선 훌훌 털어내고 서핑에 집중하는 것이 최선이리라.

목표한 일을 실행하는 데 있어 결승 지점까지 순탄하게 갈 수 있는 이가 몇이나 될까. 장애물이 길을 가로막기도 할 테고, 중도에 포기하는 사례가 생겨날 수도 있다. 적어도 지금 나는 이곳에서, 내가 설정한 목표물에서 끝까지 눈을 떼지 않기로 했다. 지금 이 순간 나의 목표는 오직 서핑이다.

일단 목표를 정했으면 멈추지 않고 전진하기! 지금은 앞을 보고 나의 서핑보드에, 파도에 집중할 때다.

영국에서 만난 인생맥주,
존 아저씨

지난 10년 동안 비행한 기록을 보니 가장 많이 체류한 나라가 영국이다. 그중에서도 런던. 전 세계에서 가장 바쁜 공항 중 하나가 런던 히드로 공항이다. 그 바쁜 공항을 수도 없이 드나들고, 가끔 승객으로 탑승해야 하는 '데드헤딩'이라도 하는 날에는 크루에게도 예외 없는 길고 긴 줄을 기다려서 입국심사를 통과해야 했다.

태어나 처음으로 밟은 유럽 땅도 영국이다. 스무 살이 되던 해에 오빠를 따라 어학연수라는 명목으로 철모르고 부모님 돈 탕진하며 런던에 체류했다. 모든 것이 낯설었지만 그 모든 것이 나를 설레게 했다. 그래서 지금도 영국 런던을 떠올리면 짜릿했던 그때의 기대와 설렘이 몽글몽글 가슴속에 차오른다. 돌아보면 스무 살은 어른이라고 하기엔 여전히 아이에 가까운 나이였다. 물론 당시의 나는 스스로 엄청난 어른임을 자부하고 있었지만.

처음 영국에서 어학연수를 할 때는 낮에는 영어학원에 다니고 오후에는 여기저기 기웃대며 오빠와 샌드위치 들고 공원에도 가고 상점 구경도 하며 시간을 보냈다. 아르바이트를 구하기 전까지는 부모님이 보내주신 용돈으로 장을 보고 오빠랑 밥도 해먹고 샌드위치도 만들어 도시락을 싸 가지고 다녔다. 그때 만난 좋은 친구들은 너나없이 가난한 유학생이라 서로를 돕고 의지했다.

캐주얼 누들바에서 서빙 알바를 시작하면서 그나마 형편이 조금 나아져 어학원에서 사귄 친구들과 밖에서 만나기도 하고 영화를 보기도 했다. 그중에서도 내가 즐긴 가장 큰 호사는 런던 제일의 번화가인 웨스트엔드West End에서 뮤지컬 보는 것이었다.

어릴 때부터 춤과 노래를 좋아해서 뮤지컬을 무척이나 좋아했다. 고등학교 3학년 1학기 중간고사를 며칠 앞두고 예술의 전당에서 〈브로드웨이 42번가〉 공연이 있었다. 시험이 코앞에 닥쳐서 어느 누구도 뮤지컬을 보러 가겠다고 하는 친구가 없었다. 고맙게도 엄마가 그런 나를 데리고 뮤지컬을 보러 갔다. 그날 본 탭댄스와 노래들이 무척 황홀해서 언젠가 반드시 미국 브로드웨이로 뮤지컬을 보러 가리라고 꿈꿨다. 그리고 브로드웨이는 아니지만 이곳은 그에 못지않은 전

세계 뮤지컬의 중심지 런던 웨스트엔드였다.

승무원이 되어서도 런던에 가면 시간이 허락하는 한 나는 언제나 웨스트엔드를 찾았다. 〈맘마미아〉, 〈오페라의 유령〉, 〈미스 사이공〉, 〈위키드〉, 〈에비타〉 등 셀 수 없이 많은 공연을 닥치는 대로 봤다. 태어나 처음 접한 뮤지컬은 초등학생 시절 가족과 함께 본 〈그리스〉지만, 고3 수험생에게 한줄기 빛처럼 강렬하게 남은 공연은 〈브로드웨이 42번가〉다. 그래서인지 셀 수 없이 보고 또 본 공연도 〈브로드웨이 42번가〉다.

몇 해 전부터 영국항공이 파업에 들어가면 우리 항공사에서 파견 근무를 나가는 일이 꽤 있었다. 일명 '웨트 리스Wet lease'라고 부르는 전세기 파견 근무다. 하지만 영국항공 직원들은 그런 우리를 탐탁지 않게 여겼다. 직원들의 목소리를 내기 위해 실시한 파업인데, 그 기간에 중동에서 파견된 우리가 영국항공에 업무적 위해가 생기지 않도록 도움을 주고 있으니 그들 눈에는 우리가 눈엣가시일 수밖에 없는 게 당연했다.

우리는 런던과 버밍엄을 베이스로 하여 각각 한 달씩 비행을 했다. 어느 도시가 베이스가 된다는 것은 그 기간 동안 그곳에서 살게 된다는 이야기이기도 했다.

런던에서 파견 근무를 할 때는 뮤지컬 공연을 보고, 대영박물관에 가고, 템스강을 따라 런던 브리지까지 걷기도 했다.

한편 버밍엄에서 근무할 때는 모든 동료들과 절친이 되는 경험을 했다. 공항 근처의 호텔에서 모두 숙박을 하고 있었기에 저녁이 되면 일찍 비행을 마친 대부분의 동료가 호텔 바에 모여 우리만의 랜딩비어 파티를 벌였다. 그때 나의 인생맥주가 된 '존 스미스', 내가 애칭으로 '존 아저씨'라 부르는 맥주도 만났다.

지금은 둘도 없는 좋은 친구가 된 포르투갈 캡틴 엔과 함께 맥주를 마시러 나간 날이었다. 맥줏집에서 '존 스미스' 맥주를 한 모금 마시고 우리는 둘 다 눈이 휘둥그레졌다. '이게 뭐지?' 천상의 맛이 따로 없었다. 그날부터 우리는 존 아저씨의 열렬한 팬이 되었다. 거의 매일 밤을 끝내주는 맥주와 끝내주게 좋은 사람들과 함께했다.

이 글을 쓰고 있는 지금도 그날의 분위기와 그날의 맥주 맛이 생생하게 기억난다. 그립다. 조만간 영국으로 '존 아저씨'를 만나러 가야겠다.

착륙 전 최고하강점

Top of Descent

나의
싱가포르 어머니

부사무장님, 1E 승객이 면세 찾으시네요. 향수 준비해서 가시면 될 것 같습니다.

내가 부사무장이던 시절, 우리 회사 기내 면세는 부사무장이 단독으로 맡아 처리했다. 그래서 짧은 비행에서 면세 요청이 끝없이 쏟아지는 날이면 부사무장 혼자 사방으로 널을 뛰었다.

비록 만석이기는 했지만, 일곱 시간이 넘는 도하-싱가포르 구간 비행이었기에 시간에 쫓기지는 않았다. 아울러 부사무장은 이코노미 객실 전체를 책임지고 있기에 이륙 후 이코노미 식사 서비스를 마치면 약간의 휴식이 주어졌다.

잠시 앉아 숨을 고르던 중 비즈니스 객실에서 전화가 와서, 쉴 틈도 없이 면세 카트에서 면세품을 찾아 비즈니스 객실로 올라갔다. 엄마 연세쯤으로 보이는 여성이 나를 기다리고 있었다.

- 안녕하세요. 면세 요청하신 걸로 아는데, 면세품 확인해보시겠어요?
- 우리 사위가 생일이라 향수를 하나 사고 싶은데, 한번 볼까요? 네, 맞네요. 이걸로 주세요.
- 네, 준비해드릴게요.
- 근데 아가씨는 어느 나라 사람이에요?
- 저는 한국 사람이에요. 서울에서 왔고요. 승객 리스트를 보니 성함이 '리'시네요. 저도 '리'예요.
- 어머나, 반가워요. 아가씨는 우리 딸 같네요.
- 손님도 저희 어머니 같으세요.
- 우리 딸은 2년 전에 죽었어요. 감기였는데, 대수롭지 않게 여겨서 병원에 가겠다는 걸 내가 잘 아는 근처 한의원에 데리고 갔어요. 그리고 그곳에서 침을 맞고 처방 받은 한약을 먹었는데, 갑자기 상황이 악화되더니 끝내 죽고 말았어요. 아이 셋을 남겨두고 말이죠.
- 따님 이야기는 정말 안타깝네요.
- 아가씨를 보니 우리 딸 생각이 나요. 예쁘고 상냥한 아이였거든요. 남편도 내 딸아이가 어릴 때 사고로 잃었어요. 우리 딸은 외동딸이었고요. 그래서 우리는 줄곧 둘이었죠. 다

행히 남편을 잃고 내가 시작한 부동산 사업이 호황이어서 경제적으로 어려움 없이 아이를 키울 수 있었어요. 지금도 파트너와 함께 출장에서 돌아가는 길이고요. 부모님은 모두 살아 계시나요? 한국에 같이 살고 있어요?

- 부모님은 모두 한국에 잘 계시고, 저는 카타르 도하에 살고 있어요.
- 가족과 함께 지내는 게 아니에요? 결혼은 했어요?
- 결혼은 아직 안 했어요.
- 이런, 내가 좋은 신랑감을 구해줄게요. 싱가포르에는 자주 오나요? 앞으로 싱가포르에 오면 우리 집에 와요. 나와 같이 지내요.
- 우와, 정말 감사합니다. 저는 오늘부터 싱가포르 어머니가 생겼네요. 신랑감을 구해주신다는 말씀도 감사하지만 전 괜찮습니다. 오늘 싱가포르 어머니가 한 분 생긴 걸로도 벅차게 감사한 걸요.

딸 이야기를 하며 눈에 그렁그렁 눈물이 맺힌 아주머니의 손을 잡아드렸다. 나 역시 늘 딸 걱정하는 엄마 생각이 나서 눈물이 찔끔 났다. 그렇게 한참 이야기를 나누다가 결혼 여부를 물으시더니 돌연 중매까지 일사천리로 약속했다. 내가 딸처럼 느껴졌는지 당신 마음에 든 뒤부터는 당장 나를 시집보내야겠다는 사명을 가지신 듯했다.

비행기가 싱가포르에 도착하자 아주머니가 나를 다시 불러 연락처를 물었다. 나 역시 아주머니를 '나의 싱가포르 어머니'로 여기고, 이후에도 우리는 연락도 자주 하면서 좋은 관계를 유지했다.

- 쥬, 싱가포르에는 언제 올 수 있어요?
- 글쎄요. 싱가포르에 친구들이 많이 거주하고 있어서 저에게도 싱가포르 여행은 기다려지는 일이지만, 휴가 일정을 받아봐야 알 수 있을 것 같아요.
- 조카가 있다고 했죠? 아이들 좋아하죠?
- 네, 아이들 좋아하죠.
- 그럼 우리 사위를 만나보는 건 어때요? 우리 사위는 투자 은행에서 일하고 있고, 싱가포르에서 포르쉐를 타고 다닐 정도로 능력도 재력도 있어요. 아이가 셋이나 되지만 무척 착하고 좋은 아이들이에요. 둘은 이미 많이 컸고 가장 어린 아이는 내가 키우면 되고. 모두 일정 나이가 되면 기숙학교에 보내면 되니 너무 걱정하지 않아도 돼요. 나는 쥬를 만나고 너무 기뻤어요. 그래서 주위 모든 사람들에게 우리 사위의 새 아내가 될 아가씨를 찾았다고 소문을 내고 다녔어요. 쥬는 아이들을 좋아하니 내 손자 손녀도 물론 좋아할 테고, 나는 쥬가 나의 가족이 되었으면 좋겠어요.

나를 가족 구성원으로 받아들이고 반겨줄 만큼 좋은 사람으로 봐준 것만으로도 충분히 감사했다. 하지만 아이를 좋아하는 것과 그 아이가 내 아이가 되는 것은 다른 문제였다. 단순히 예뻐하는 마음으로 멀리서 지켜보기만 해도 그만인 옆집 아이와, 사랑과 훈계로 가장 가까이서 책임을 지고 함께 살아야 하는 내 아이의 존재는 엄연히 다르다.

나의 싱가포르 어머니를 실망시켜드리고 싶지 않았지만 이 상황에서 내가 할 수 있는 일은 최대한 일찍 정중하게 거절의 뜻을 전달하는 것이었다. 어머니는 많이 실망하셨지만 나를 이해해주셨다.

그 뒤로 연락은 조금 뜸해졌지만 나의 싱가포르 어머니는 나를 크리스마스 파티에도 초대하고 끊임없이 나를 챙겨주셨다. 비행을 하며 만난 나의 소중한 인연, 나의 싱가포르 어머니! 승무원은 이렇게 자신의 그리움을 세계 곳곳에 뿌리며 살아간다.

올해 시간이 주어지면 나는 만사 제쳐두고 나의 싱가포르 어머니를 만나러 갈 것이다. 여전히 나를 기쁘게 반겨주시겠지?

부디 그녀가 잘 견뎌주기를_ 내 생애 잊지 못할 순간 1

열여섯 시간의 미국 댈러스행 비행이다. 이륙한 지 얼마 지나지 않아 이코노미 객실에서 전화가 와서 급하게 나를 찾았다. 사무장을 급하게 찾는 경우는 크게 두 가지다. 항공 안전 혹은 응급의료 상황. 역시 응급의료 상황이었다. 비즈니스 객실의 식사 서비스를 크루들에게 맡기고 이코노미 객실로 내려갔다.

기진맥진해 있는 여성이 화장실 앞 점프시트에 앉아 있었다. 이코노미 객실은 식사 서비스 준비로 분주했다. 크루들 모두 자신의 구역에서 맡은 일을 해내느라 정신없이 움직였다.

- 혼자 여행하세요? 동행이 있으세요?
- 아! 제가 남편입니다. 태국 푸껫에서 도하로, 그리고 다시

미국 댈러스 집으로 돌아가는 길입니다. 태국 현지 병원에서 승객으로 비행 허락을 받고 도하에서 환승하는 동안에도 집사람은 괜찮았어요. 그리고 비행기에 오르기 전 호텔에서 아침 식사로 크루아상과 커피를 한잔 했습니다. 그게 다예요. 그런데 이륙한 후 이렇게 구토하기 시작했어요.

40대 중반 미국 국적의 이 여성은 성인인 두 자녀와 함께 푸껫 여행을 다녀오는 길이라고 옆에 있는 남편이 설명해주었다. 이 여성은 일주일 전 태국 푸껫행 비행기에 몸을 실었으나, 목적지에 도착한 첫날 먹은 음식이 탈이 나서 현지 병원에 입원한 후 꼬박 일주일을 병원에서 보낸 채 다시 집으로 돌아가는 길이었다. 미국 댈러스에서 중동의 카타르 도하를 거쳐 태국 푸껫으로 가는 루트는 듣기에도 결코 만만치 않은 여정인데, 그런 여행을 망치게 되다니 내가 다 속상했다.

배탈은 동남아 체류 중 많은 이들이 여행하면서 겪는 일이다. 외국인 특히 미주 유럽인들이 주로 겪는 일이긴 하나 나도 가끔 겪는 일이다. 도대체 어떤 음식을 먹었기에 이렇게 지독하게 탈이 났을까. 구체적인 질문을 이어갔다. 음식이 문제이기도 하지만, 사실 그녀는 뇌수술을 두 번 받은 적이 있고 간질 발작 증세도 있었다.

내가 근무하는 카타르항공사의 항공 승무원은 카타르

의 항공 규정 관련 국가기관에서 인증하는 응급구조대원 자격도 함께 가지고 있다. 따라서 비행 중 위급한 의료 상황이 발생하면 승무원이 간단한 응급조치를 취할 수 있다. 하지만 전문 의료인은 아니기에 비상시 연락을 취하고 자문을 받는 기관이 따로 있다. 미국 애리조나에 위치한 메드링크Medlink가 그곳이다.

체온과 맥박을 재고 나서 주니어 크루에게 케어를 부탁하고는 조종실로 향했다. 지상에 응급 상황을 알리고 자문을 얻기 위해서다. 기내에서 응급의료 상황이 발생하면 사안의 정도에 따라 가장 가까운 지상 공항으로 회항하기도 해서 지상에 연락하고 협조를 요청하는 것이 무척 중요하다. 기내에서도 지상으로의 전화 연결이 가능하지만 만석 서비스에 소음이 겹쳐서 소통이 쉽지 않을 때가 많아 조종실에서 통화하는 것이 좀 더 수월하다.

간략하게 상황을 정리한 메모를 들고 조종실에 들어섰다. 기장은 내가 들고 있는 메모를 보고 한눈에 기내에 응급 의료 상황이 발생했음을 알아차렸다. 간략한 설명을 마치고 메드링크에 전화를 연결했다.

- 안녕하세요. 도하에서 댈러스로 향하는 카타르항공 727편 항공기 번호 BAE입니다. 예정 도착 시각은 세계 표준 시각으로 12시 45분입니다. 이상.

- 도하에서 댈러스로 향하는 카타르항공 727편. 도착 예정 시각 12시 45분 세계 표준시. 네, 말씀하세요. 이상.
- 응급의료 상황이 있습니다. 좌석 번호 36J에 자리한 43세 여성으로, 가족과 함께 여행하고 있으며 이륙 직후 구토하기 시작했습니다.

  36K에 자리한 이 여성분의 남편에 따르면 그들은 댈러스에 거주하고 있고, 일주일 전 도하를 경유하여 푸껫으로 떠났으며, 푸껫에 도착한 첫날 식중독에 걸렸습니다. 그 후로 구토가 계속되어 5일간 현지 병원에 입원하였습니다.

  가장 중요한 것은 이 여성분이 2년 전에 뇌수술을 받았다는 의료 기록입니다. 간질 증세를 가지고 있으며 발작을 막기 위해 일정한 시간에 맞춰 약을 복용하고 있습니다. 남편에 의하면 이분이 정시에 약을 복용하지 않으면 꽤 심한 간질 발작 증세가 있을 수도 있다고 합니다.

  푸껫의 의사가 비행기 탑승 허락 진단서를 내주었고, 그에 따라 각 출발지 지상 직원이 최종 목적지인 댈러스까지의 탑승 수속을 마무리했습니다.

  어제 저녁 푸껫에서 도하에 도착하여 하룻밤을 도하에 머물렀습니다. 그리고 이 여성분은 오늘 아침 공항에 도착하기 전 도하의 호텔에서 조식으로 커피와 크루아상를 섭취한 게 전부입니다. 이상.
- 알겠습니다. 그리고 무슨 일이 있었죠?

- 이후 여성분은 쉬지 않고 구토하기 시작했습니다. 체온, 맥박, 호흡은 모두 정상이지만, 구토가 멈추지 않아 경구약 복용이 불가능합니다. 지금도 여전히 쉬지 않고 구토 증세를 보입니다. 이상.
- 알겠습니다. 기내 방송을 하고 의료진을 찾게 되면 응급의료 키트에 있는 주사를 처방하세요. 계속 관찰하고 업데이트 부탁합니다. 이상.

그녀의 케이스는 단순히 식중독으로 인한 구토만이 아니었기에 상황이 조금 더 복잡했다. 우선 메드링크에서 시키는 대로 기내에 의사나 간호사 혹은 응급구조대원 등 의료진이 있는지 방송으로 도움을 요청해야 한다. 그리고 의료진이 있다면 그의 자격을 확인한 뒤 혈압과 맥박을 다시 재고, 기내 응급의료 키트를 열어 메드링크에서 처방한 약을 의료진이 직접 투약하도록 도와야 한다.

승객 여러분께 안내 말씀드립니다. 승객 여러분 중 의료진이 계시다면 가까운 승무원에게 말씀하여주시기 바랍니다. 아울러 의료 자격증 확인을 위해 이를 함께 소지하여 주실 것을 부탁드립니다. 협조에 감사드립니다.

방송을 마치자 감사하게도 의사가 세 명이나 와주었다.

산부인과 전문의, 가정의학과 전문의 그리고 마치과 전문의까지. 의료 자격증 확인을 마친 후 상황을 설명하며 도움을 요청하고 동의를 얻어 응급의료 키트를 꺼내 보여주었다.

기내에서 이루어지는 의료 행위는 혹여 사후 법적 소송이 있을 경우 모든 것이 법적 행위에 해당하기에 하나하나가 조심스러웠다. 그럼에도 최대한 빠르게 상황을 정리해나갔다.

기내에는 세 종류의 구급상자가 있다. '기초 응급 키트'에는 단순 진통제와 찰과상용 밴드 같은 것이 들어 있어 크루 누구든 사용할 수 있다. '에어로메딕Aeromedic'이라는 구급상자는 조금 더 다양하고 많은 약품과 산과용 응급 출산 도구가 포함되어 있다. 그리고 가장 상위의 구급함이 '이머전시 메티컬 키트EMK'로, 커다란 007 가방 모양이다. 펼쳐 열었을 때 양쪽이 구분되어 한쪽은 크루 사이드, 그리고 다른 쪽은 닥터 사이드다. 닥터 사이드에는 경구약뿐 아니라 주사와 주사제 등 응급 시 의사만이 처방하고 처치할 수 있는 구급약이 들어 있다.

오늘 이 응급 상황을 도와주는 고마운 의사 선생님은 닥터 사이드에 배치된 주사를 그녀에게 놓았다. 구토를 멈추는데 도움을 주는 약이었다. 그때, 그녀의 남편이 응급 키트의 닥터 사이드에서 시선을 떼지 못했다.

"이거예요! 이 주사를 투약하면 돼요! 지금 아내는 어떤 약도 복용할 수 없으니 이 주사면 돼요. 난 알아요. 아내가 어떤 약을 먹고 어떤 주사를 맞는지 오랫동안 봐서 잘 알고 있어요."

그러고는 주사약을 꺼내 들었다. 나는 조심스럽게 주사약을 건네받은 뒤, 기내에 있는 약품은 메드링크와 의사의 처방 없이 함부로 투약할 수 없다고 설명했다. 하지만 그는 막무가내였다. 그는 아내가 간질 발작 예방약을 제시간에 복용하지 못하는 것에 대해 상당히 불안해했고, 그녀가 곧 발작을 일으킬 것이며, 그것이 상당히 심각할 것이라고 거듭 이야기했다. 그리고 지금 당장 이 약을 아내에게 사용해줄 것을 부탁했다.

나는 방금 주사를 맞아 다행히 구토를 멈추고 잠들어 있는 그녀를 보면서 그에게 말했다. 메드링크와 의사의 동의를 얻어 다시 돌아오겠노라고. 크루에게 그들을 맡기고 잰걸음으로 다시 조종실로 향했다.

- 헤이, 쥬. 상황이 어때요?
- 헤이, 캡틴. 별로 좋지 않아요. 우선 그녀는 주사를 맞고 구토를 멈추고 잠이 들었는데, 남편이 간질 발작에 대해 걱정을 너무도 많이 해서 메드링크에 다시 연락을 해보는 게 좋을 것 같아요.

메드링크로부터 의학 소견을 받아 들고 비행기 앞머리 조종실에서 다시 비행기 끝 꼬리의 갤리 앞 점프시트까지 천릿길처럼 느껴지는 길을 재빠르게 뚫고 내려갔다. 그런데 세상에, 그녀가 다시 일어나 구토하고 있는 게 아닌가. 방금 전 안정제를 맞고 잠이 들었던 일이 마치 꿈인 것처럼 그녀는 또 다시 무릎을 꿇고 앉아 구토를 하며 힘겨워하고 있었다.

그때였다. 갑자기 그녀가 구토를 멈추고 털썩 옆으로 쓰러졌다. 간질 발작이었다. 남편의 말이 맞았다. 먹은 것도 없이 쉬지 않고 토를 했는데 어디서 저런 에너지가 나올 수 있나 싶을 정도로 격렬하게 발작을 일으켰다. 사람들이 몰려들지 않도록 상황을 제지해주길 크루들에게 부탁하고, 나는 그녀에게 담요와 베개를 대주며 그녀가 잠시 발작하도록 내버려두었다.

1분이라는 시간이 이렇게 길었던가. 1분이 지나자 발작이 멈췄다. 눈을 뜬 그녀는 이곳이 어디인지, 무슨 일이 있었는지 아무것도 인지하지 못했다. 누군가를 찾는 듯, 그리고 이곳이 어디인지 알아내려고 최대한 눈을 크게 뜨고 천천히 고개를 두리번거렸다. 남편과 눈이 마주치자 남편이 그녀에게 말했다.

"나 여기 있어, 여보."

아주 잠시, 그녀는 다시 시선을 거두고 두리번거렸다. 아무것도 알아보지 못하는 것 같았다. 그녀의 남편은 담담하게 또다시 이야기했다. 나 여기에 있다고. 나는 그에게 물수건과 냉수 한 잔을 건넸다.

- 고마워요, 쥬. 저 약이면 돼요. 지금 내 아내는 어떤 것도 복용할 수가 없어요. 여태껏 봐서 잘 알아요. 먹거나 마시는 즉시 다 토해내기 때문에 어떤 것도 섭취할 수 없어요.
- 알고 있습니다. 말씀하신 대로 우린 지금 주사를 놓아드릴 거예요. 다만 여기서 알아야 할 것이 있습니다. 구토 안정제도, 간질 발작 안정제도 기내에는 모두 2회 분량이 있어요. 실린더가 각각 두 개씩뿐인 거죠. 목적지까지 앞으로 우린 열세 시간 가까이 더 가야 하고요. 우선 지금 약을 복용해야 하는 시간을 넘겼기에 첫 번째 주사를 놓아드리라는 조언을 들었어요. 앞으로의 열세 시간은 남은 하나씩의 약으로 버텨야 해요. 만에 하나, 상황이 악화된다면 우리는 그때 가장 가까운 공항으로 회항하는 상황이 발생할 수도 있어요. 우리 모두를 위해, 그리고 누구보다 그녀를 위해 그녀가 제발 잘 견뎌주길 기도해요.

산부인과 전문의인 로라가 주사를 놔주었다. 덕분에 그녀는 다시 잠에 빠져들었다.

뒤돌아 이코노미 객실을 살펴보니 이미 기내 모든 식사 서비스가 종료되어 크루 몇은 식사를 하고 몇은 휴식을 취할 준비를 하고 있었다. 보통 아홉 시간이 넘는 긴 비행에는 전체 크루가 조를 나누어 기내 상층에 위치한 벙커에서 잠을 자거나 휴식을 취하는 시간인 크루 레스트가 주어진다. 이코노미 객실을 담당하는 부사무장과 크루 모두에게 현재의 응급 상황을 설명한 뒤 다시 한 번 각자의 임무를 확인시켜주었다. 그리고 그녀가 이번만큼은 조금 더 오래 잠들어 있기를 바라며, 객실을 가로질러 내 자리로 돌아왔다.

맥이 풀린다. 멍하게 찰나의 휴식을 취하고 방금 일어난 일들을 간략하게 메모했다. 이 상태로 휴식을 취할 수 있으면 좋으련만 이코노미 객실의 그녀가 계속 신경이 쓰였다. 부사무장도 레스트를 가고 없는 상황이었기에 승객 대부분이 조용하게 잠든 비즈니스 객실은 시니어 크루들에게 맡기고 이코노미 객실로 내려갔다.

다행히 그녀는 깊은 잠에 빠진 듯 보였다. 아내 곁을 한시도 떠나지 않고 지키고 있던 남편도 그녀에게 어깨를 내준 채 같이 잠들었다. 함께 잠든 그들을 보니 안심이 됐다. 평화로웠다. 평화로운 이 시간이 오래 지속되길 간절히 빌었다.

부사무장이 레스트에서 돌아왔지만 휴식을 취하러 갈 수가 없었다. 그녀의 상황이 좀체 나아지지 않았기에 계속해서 그녀를 관찰하고 메드링크와 연락을 취해야 했다. 기내 한구석에서 그녀와 그녀의 남편 그리고 나 이렇게 셋이 마주하고 있었다.

그녀는 여전히 구토를 하고 있었지만 다행히 발작은 한 번뿐이었다. 가지고 있던 주사제는 각 1회분씩 사용하였고, 어떠한 음식물도 삼킬 수 없었기에 그녀에게 물과 전해질을 계속 투여해주었다. 그리고 앞으로 세 시간만 더 버텨주면 드디어 댈러스에 도착한다.

그때부터는 크루들이 오히려 나를 걱정하기 시작했다. 거의 먹지도 못하고 잠도 못 자고 심지어 앉아 있지도 못하다 보니 마치 도하에서 미국까지 걸어가고 있는 것 같았다. 이쯤 되니 내가 구토를 할 지경이었다.

장장 열여섯 시간에 달하는 만석 비행의 마지막 세 시간은 그야말로 공황 상태였다. 승객 모두가 잠에서 깨어 시장기를 호소했고, 더 이상 자리에 앉아 있기가 힘든 사람들이 하나둘 일어나서 기내를 서성이기 시작했다. 우리는 말 그대로 '모가지 없는 닭headless chicken'처럼 사방을 뛰어다니며 마지막 식사 서비스를 마무리했다. 착륙 준비까지 마치자 캡틴의 기내 방송이 들려왔다.

"승무원은 착륙을 위해 착석해주십시오."

드디어 착륙이다. 영원할 것 같던 시간을 지나 댈러스 공항에 안착했다. 도착 방송을 하고 승객들에게 현재 우리 기내에 있는 응급 상황에 대한 간략한 설명과 함께 구급대원이 먼저 들어올 수 있도록 도착 후에도 아무도 일어서지 말고 착석해줄 것을 당부하는 방송을 함께 내보냈다.

드디어 비행기 문이 열리고 구급대원들이 들어왔다. 이미 메드링크를 통해 모든 상황을 전해 들은 구급대원들을 그녀에게 안내했다. 그녀는 믿을 수 없게도 여전히 구토하고 있었다. 그녀를 그들에게 인도한 뒤 이어서 승객들을 내려보내기 위해 나는 다시 제자리로 돌아왔다.

승객 모두가 비행기를 떠나고 그녀의 가족과 구급대원 그리고 크루들만 남았다. 여전히 구역질을 하며 힘겹게 복도를 걸어 나오는 그녀가 보였다.

"정말 고생했어요. 대단해요. 나는 당신이 자랑스러워요. 여기까지 버텨주어서 감사해요. 집이에요. 이제 집으로 돌아갈 거예요."

그녀에게 이야기했지만 그녀는 대답할 수 없었다. 하지만 우리 모두에게 감사하고 있음을 그녀의 눈빛에서 충분히 읽을 수 있었다. 그녀와 구급대원이 먼저 문을 나서고 마지막으로 남편이 가방을 챙겨 그들을 뒤따랐다. 그가 나에게 다가왔다.

"고맙습니다, 쥬."

그의 눈에 눈물이 맺혔다. 감사하다는 말 한마디와 눈빛에 나도 눈물이 왈칵 쏟아졌다. 그 긴 시간 침착하게 평정심을 지켜오던 그 역시 사실은 많이 고통스럽고 힘들었던 것이다. 그에게 악수를 건네고 그들 가족을 떠나보냈다.

마침내 목적지에 도착하여 모두가 떠나고 비행기에 남은 건 우리 크루뿐이었다. 모두가 무사히 도착해서 목적지에 내렸다는 사실과 그의 진심 어린 감사의 한마디에 모든 노고가 씻겨 내려가는 듯했다. 그녀가 아무 탈 없이 집으로 돌아가 하루속히 건강해져서 더 이상 고통스러운 시간을 보내지 않기를 기도했다.

'내가 더 고마웠습니다. 부디 건강하세요.'

'사무장 쥬' 출격!_
내 생애 잊지 못할 순간 2

어떻게 비행을 마쳤는지도 모르게 호텔 방에 도착하니 영혼과 육체가 분리된 기분이었다. 밥 생각도 나지 않았다. 머릿속은 온통 보고서 생각뿐이었다. 오늘 비행에서 있었던 일을 회사에 빠짐없이 보고해야 한다. 요약해둔 정보로 대략의 뼈대를 잡아본다. 이것만은 지금 해두고 잠자리에 들어야 한다. 그리고 도저히 깨어 있을 수 없는 지경이 되어서야 침대에 몸을 뉘었다.

몇 시간이 지났을까. 회사에 보고해야 한다는 강박으로 얼마 잠들지 못하고 깨어났다. 어중간한 새벽 시간이다. 간밤에 비몽사몽간 초안을 만들고 보고서를 쓰는 통에 예기치 않게 책상에 커피를 쏟는 작은 사고로 노트패드와 키패드 모두를 분리시켜 깨끗하게 닦아두고는 잠이 들었다. 호텔 방에

구비된 커피를 끓여 마시고 비상식량으로 가지고 다니는 사발면에 물을 부었다.

노트패드와 사발면을 앞에 두고 자세를 바로잡고 의자에 다시 앉았다. 파일을 열고 어제 쓰다 만 곳으로 스크롤링하며 어떻게 이어 쓸까 고민하는데… 그런데 글이 없었다. 갑자기 머리칼이 쭈뼛해지며 후끈 열이 올랐다.

왜 없지? 말도 안 돼. 많은 일이 있었던 열여섯 시간이라 적어둔 양이 꽤나 방대했는데… 아뜩하다. 진짜 없다.

살다 보면 이렇게 아득히 허망해지는 날이 있다. 그렇다고 사랑하는 가족을 잃거나, 직장을 잃거나, 건강을 잃은 것도 아니다. 그저 서른 시간 가까이 온 힘을 다해 깨어 있으려고 애쓰며 신중하게 작성해둔 글이 사라졌을 뿐이다. 지금 당장 작성해서 보내야 하는데 머리가 돌지 않는다. 그럴 때는 잠시 멈추고 휴식을 갖고 머리를 식히고 마음을 가라앉히고 생각을 가다듬어야 한다.

아주 사소한 일부터 거대한 프로젝트까지, 무언가를 시작하여 완수하기까지 이 모든 과정이 우리의 인생과 닮았다. 순조롭게 진행되는 날도 있고, 아무것도 되지 않는 날도 있다. 여느 날과 다르지 않게 평범한 날도 있고, 어제와 오늘처럼 예상치 못한 사건이 터지는 날도 있다. 그럴 때는 한숨 고르고 다시 시작해야 한다는 걸 안다. 매일 하는 비행에 좀 더 다채로운 드라마가 있었던 것뿐이다.

노트패드를 덮는다. 뚜껑도 열지 않은, 다 식어서 불어버린 사발면을 바라보다 옷을 챙겨 입고 방을 나선다. 복도와 로비를 지나 호텔 정문에 선다. 차가운 공기가 무기력한 폐로 훅 하고 들어와 답답했던 가슴을 시원하게 훑어낸다. 심호흡을 여러 번 한 뒤에 다시 방으로 돌아간다. 이젠 정말 시간이 없다.

주니어 크루 시절에는 비행기에서 내리는 순간부터 나에게 완벽한 자유가 주어졌다. 레어오버로 주어진 시간을 이용해 휴식을 취하고 식사와 쇼핑을 하고 친구를 만나는 모든 행동이 자유로웠다. 마치 나만의 여행을 온 듯한 착각마저 들었다.

그러나 리더의 삶은 다르다. 오늘처럼 많은 일을 겪으며 호텔에 도착한 날은 방구석에서 꼼짝 않고 리포트만 쓰다가 돌아와야 하는 경우가 허다하다. 그래도 불만은 없다. 주니어 시절에 많이 즐겨봤으니 아쉬울 것이 없다. 지금은 전 객실의 매니저로서 비행 전체를 지휘하는 책임 있는 프로페셔널의 모습이 자랑스럽다. 다시 자세를 바로잡고 일사천리로 리포트를 작성해나간다.

지난 비행에 일어난 모든 일을 회사에 상세 보고하고 나니 웨이크업 콜까지 두 시간이 남았다. 이 도시에 도착한 후 호텔 방에 들어와 입으로 넣은 거라고는 커피 두 잔과 물 두 병이 전부다. 배달 음식 앱을 만지작거리다 호텔 로비까지 픽업하러 내려가야 하는 시간과 수고를 감당할 수 없어서 그만두었다. 그리고 깜박 잠이 들었다.

눈을 떠보니 두 시간이 눈 깜짝할 새 지나갔다. 사무장 쥬로 돌아갈 시간이다. 자랑스러운 그 이름에 피곤과 허기도 잊은 채 다시 채비를 하고 길을 나선다. 오늘은 어제보다 조금, 아주 조금이라도 수월한 비행이 되어주길 기대하며 '사무장 쥬' 출격이다.

내 비행의
'탑 오브 디센트TOD'

사무장님, 조종실에서 사무장님을 찾습니다.

사무장님, 이코노미 객실 응급 케이스로 사무장님을 찾습니다.

사무장님, 지상 직원이 엠바케이션Embarkation(탑승) 승인 기다리고 있습니다.

사무장님, 청소팀이 확인 승인 기다립니다.

사무장님, 케이터링 직원이 사무장님 사인 기다립니다.

사무장님, 비즈니스 객실 컴플레인 건으로 사무장님을 만나길 원합니다.

사무장님…

멋있어졌다. 지금의 나는 지난 20년 전보다 훨씬 멋있어졌다. 어리바리하던 20대의 내가 20년을 돌고 돌아 멋있어졌다. 열심히 살아왔고, 그 덕분에 한 분야에서 전문가가 되었다. 세계적으로 인정받는 항공사의 사무장이 되었다. 전 세계를 돌아다니며 좀 더 글로벌해졌고, 살벌한 파리 뒷골목의 캣콜링(길거리 성희롱)이나 카사블랑카 거리를 걷는 내내 뒤통수를 따라오던 '니하오'에도 꿈쩍 않는 굴함과 연륜이 생겼다.

한 업계에서 10년 가까이 종사하면서 나 스스로 전문가가 됐다고 느낀 짜릿한 순간을 경험했다. 어떠한 직군, 어떠한 직업에서든 한 분야에서 10년을 채운다면 그 분야에 정통할 수 있다는 믿음이 생겼다.

《아웃라이어》에서 말콤 글래드웰은 1만 시간의 법칙에 대해 이야기한다. 어느 분야든 위대한 성공을 거두기 위해서는 1만 시간의 노력이 필요하단다. 대략 하루 세 시간씩 일주일에 스무 시간을 10년간 수련하면 1만 시간이 된다. 시간의 흐름이 주는 숙련도다.

주니어 크루들이 내게 와서 이것저것 질문을 한다. 나의 답변에는 막힘이 없다. 내가 그들에게 건네는 대답은 책이나 매뉴얼 어디에도 나오지 않는, 순전히 내 경험에서 나온 것이다.

이제는 눈 감아도 이 끝에서 저 끝이 훤히 보이고, 어디에 무엇이 필요한지도 알겠으며, 수백 명의 마음을 읽고 알아차려 그들을 기쁘게 해줄 수도 있을 것 같다. 이런 나를 믿고 따르는 크루들의 신뢰를 바탕으로 항공 안전뿐만 아니라 서비스에서도 상대의 필요를 정확히 읽고 모든 것을 충족시켜 줄 수 있을 것이라는 확신이 차오른다. 이것이 프로페셔널이고, 그것이 사무장 쥬, 나였다.

뜨거운 나라 카타르 도하에 10년 가까이 거주하며 셀 수 없이 많은 사람들을 만났다. 이코노미부터 퍼스트클래스에 이르기까지 모두가 귀하고 아름다운 나의 게스트였다. 말도 안 되는 컴플레인으로 속을 뒤집어놓는 사람부터 주변에서 누가 무어라 하든 들어주고 용서해주는 넓은 아량을 가진 사람들까지 각양각색의 사람들을 만났다. 그들을 통해 크루로서 알게 된 한 가지 사실이 있다. 진심 어린 친절과 배려는 그 어떤 화나 분노도 이긴다는 것이다.

무작정 손님을 왕이라고 외치던 구시대적 서비스 마인드는 이제 그 시대로 보내주어도 좋겠다. 직원이 행복해야 그들에게서 최상의 서비스가 나온다. 행복하지 않은 직원이 어찌 손님에게 좋은 서비스를 제공할 수 있겠는가.

우리 회사 캠페인 중에 '고객 먼저Customer first'라는 것이 있다. 나는 언제나 우리 팀에게 이렇게 이야기한다. '크루 먼저Crew first'.

그렇다고 내가 '고객 퍼스트'를 부정하는 것은 결코 아니다. 나도 애사심을 가지고 있고 회사의 정책을 존중한다. 그런데 어느 날 승객이 나에게 이런 이야기를 했다.

"당신은 이 일을 정말 좋아하고 즐기면서 하고 있는 것이 보여요. 그래서 당신에게 서비스를 받는 것이 좋아요."

바로 이거다! 내가 이 일을 즐기면서 기쁘고 행복하게 하고 있으면 상대도 그것을 느끼고 또 알아차린다. 그것은 좋은 서비스로 이어지고, 좋은 서비스를 이용하는 사람들은 곧 알게 된다. 내가 지금 이용하고 있는 이 회사는 행복하게 일하는 직원들이 있는 좋은 기업임을. '크루 퍼스트'야말로 서비스 향상의 선순환에 이르게 하는 좋은 방책인 셈이다.

'크루 퍼스트'와 함께 내가 크루들에게 하는 또 다른 주문은 바로 '주인의식 갖기'다. 내가 몸담은 회사의 성공은 나의 직업적 성공과도 밀접하게 이어진다. 내가 주인이라면? 내가 이 회사의 사장이라면? 주인의식을 가진 직원이 많을수록 그 조직의 미래가 밝다는 데에는 의심할 여지가 없다. 마찬가지로 그러한 생각을 가진 개인이 자부심을 가지고 일할 수 있어야 전문가 영역에 도달할 수 있다.

각국에서 온 동료들과 하나의 목표 아래 단합하여 일을 마무리한 뒤에 얻는 성취감은 경험해본 사람만이 느낄 수 있다. 게다가 훌륭한 동료들과 함께하는 매일의 성취는 중독성이 있다. 덕분에 나는 크루들과 일하는 것이 정말 행복했다.

비행에 들어가기 전 짧은 브리핑 시간, 브리핑을 마무리하며 내가 크루들에게 늘 던지는 질문과 주문이 있다. 먼저 눈을 감고 상상해보는 것이다. '이 항공사의 주인은 나다. 내가 이 항공사의 사장이다.' 그리고 스스로에게 질문해보라고 한다. '내가 이 근사한 항공사의 주인이라면 지금 하고 있는 이 일을 똑같이 할 것인가?'

이 물음에 "예스"라고 답할 수 있다면 지금 멋진 길을 가고 있는 것이다. 그러나 "노"라면 스스로 다시 생각해봐야 한다. 우리가 지금 이곳에 있는 이유는 간단하다. 우리는 저마다 프로다. 어느 누구도 우리를 떠밀어 이곳에 있게 하지 않았다. 만일 그렇다면 이 문을 열고 걸어 나가면 된다. 그리고 좋아하는 일을 찾아 새롭게 시작하면 된다.

처음 면접 보던 날을 떠올려보라. 왜 크루가 되고 싶었는지, 그리고 그 꿈을 이룬 지금 내가 어떻게 살아가고 있는지 생각해보라. 꿈꾸던 직업을 가지고 일을 하면서 불행하다고 느낀다면 그보다 비참한 일은 없다. 내가 내 행복을 어떻게 정의하고 취급하고 있는지 다시 생각하자. 프로페셔널로서 기쁘게 내 일을 하고, 내 이름을 빛나게 할 수 있는 것은 오직 나뿐이다.

마지막으로 크루들에게 이렇게 부탁한다. 오늘 이 비행이 어제보다 가치 있고 즐거운 시간이기를. 사실 크루에게 하는 이야기이기 이전에 내 자신에게 되뇌는 주문이기도 하다. 나 스스로가 그들의 편안한 동료이자, 주인의식을 가진 직원이며, 방향을 제시하고 오늘의 성취를 향해 즐거운 길을 함께하는 리더이기를 간절히 기도한다.

이 멋진 자리를 어찌 내려놓을 수 있을까? 새로운 꿈을 찾아 다시 시작하기 위해서는 결단과 용기가 필요하다. 비행에서 리더이기 이전에 내 인생에서 리더가 되어야 한다는 사실을 다시 떠올려본다. 이 아름다운 곳에서 배운 지식과 그 시간을 통해 얻은 인생의 지혜를 가지고 이제 나만이 할 수 있는 일을 할 시간이다. 반짝이는 영롱한 유리구슬을 내려놓고 오랜 시간 품어온 나만의 진주를 찾으러 갈 시간이다.

지난 10년의 순항이 어느덧 착륙 전 최고하강점Top of Descent에 이르렀다. 아쉬운 마음이 크지만 늘 그렇듯 자신 있게 일사불란한 움직임으로 착륙을 준비한다. 더 큰 꿈을 향해 다시 한 번 힘차게 날아오르기 위해!

착륙

Landing

목적지에
도착하였습니다

예전에는 박물관이나 미술관에 가면 작품을 감상하기보다 유명한 장소에 내가 있다는 사실에 좀 더 집중했다. 런던의 대영박물관, 파리의 루브르박물관과 오르세미술관, 피렌체의 우피치미술관, 비엔나의 벨베데레미술관, 그리고 마드리드의 프라도미술관과 레이나소피아미술관 등 셀 수 없이 많은 명소를 찾아도 위대한 작품을 감상할 수 있다는 기대보다는 '내가 여기에 왔다'는 사실이 더 중요했다.

인간은 누구에게나 정복욕이 있어 이러한 사소한 일에도 자신의 발자취를 남기고 싶어 한다. 그래서 명소의 외벽이나 다리 등에 기어코 '나 왔다 감'이라며 흔적을 남기는 것이리라.

나 역시 그렇게 나의 정복에 집중했다. 명소 앞에서 혹은 허락된다면 위대한 작품 앞에서 사진 한 장 남기고 내가 이곳에 왔노라고 세상에 알리고 나면 그제야 나와 이곳의 관계는 해피엔딩으로 마무리된다.

그렇다고 내가 오랫동안 해온 '명소 쫓아다니기'가 오로지 정복욕에만 목적을 두었다고는 생각하지 않는다. 이 일은 정복을 넘어 나의 성취가 되어주었기에 결과적으로 보면 나의 성장을 도운 것이기도 하다. 지난 10년간 비행을 하며 전 세계 가보지 않은 곳이 없을 정도로 발자취를 남기고 보니, 이제야 나와 이 세상 명소의 관계가 정복과 상관없는 매우 평화로운 상태가 된 것 같다. 나아가 나의 무지와 얄팍한 욕구를 넘어 진정으로 그 작품들과도 마주할 수 있게 되었다.

스페인 마드리드에서 지내는 동안 매일 프라도미술관과 레이나소피아미술관에 갔다. 그리고 그 기간 동안 하루도 빠짐없이 그들을 만나며 깨달은 사실이 하나 있다. 그들에게 특별한 것이 있다면, 혹은 그들을 이토록 특별하게 만든 것이 있다면 그것은 바로 그들의 열정과 노력이라는 것이다.

그동안 많은 경험을 하고 그 속에서 성취의 기쁨을 누리기도 했다. 승무원이 되고 싶었고 승무원이 되어서는 사무장이 되고 싶었다. 비행 생활을 하며 다른 꿈을 꾸거나 옆길로 샐 기회도 있었지만 지금 있는 이곳에서 끝을 보고 싶었다. 그리고 그렇게 열심히 또 즐겁게 하루하루를 살아냈더니 어느새 사무장의 자리에 와 있었다. 매일의 열정과 노력이 나를 내가 원하는 곳으로 데려다주었다.

지금도 생생하게 기억나는 날이 있다. 당시 나는 큰 비행 기종의 이코노미 객실 책임자인 부사무장 직급이었고, 동시에 작은 비행 기종에서는 비행 전체를 책임지는 사무장이기도 했다. 온 하루를 꼬박 채워 왕복해야 하는 긴 비행에 승객마저 만석이던 그날. 작은 기종의 에어버스 A321에서 승객 200명이 조금 안 되는 정원의 비행을 크루 여섯 명과 함께 말 그대로 온몸 불태워 비행을 마쳤다.

비행기 이 끝과 저 끝을 수도 없이 가로지르며 정신없이 바쁜 비행을 마치고 난 뒤, 오늘 함께한 크루들에게 감사 인사를 건넸다. 운항센터의 크루 라운지에 남아 오늘 비행의 소소한 사건 사고를 회사에 보고하는 문서 작업을 마치고, 회사 태블릿 피시를 브리핑 오피스에 반납하고 나자 모든 업무가 끝이 났다.

운항센터를 빠져나오니 그렇게 북적이던 크루 버스 정류장이 한산하기만 했다. 버스 운행팀에 아직 한 사람이 있다는 인기척을 보내고 버스에 올라탔다. 운전사도, 승객도 없는 버스에서 유니폼 재킷 단추를 풀며 좌석에 털썩 주저앉았다. 그런데 숨을 크게 쉬고 나니 갑자기 알 수 없는 눈물이 미친 듯이 쏟아졌다. 너무도 갑작스럽고 난데없는 눈물에 놀라고 당혹스러웠다. 처음 겪는 일이었고 처음 느끼는 감정이었다. 바쁘고 힘든 것을 제외하면 그 어떤 사건도 없는 완벽한 비행이었다. 만석이었으나 좌석 불만도 없었고, 탑승도 순조로웠으며, 모든 서비스도 제시간에 아무 문제없이 마무리되었다. 안전 비행이야 말할 것도 없었다. 그래서 더더욱 이 눈물이 무엇을 의미하는지 알 수 없었다.

기억을 더듬어보니 온 종일 기내에서 앉아서 쉬었던 기억이 없다. 무언가를 제대로 입에 넣은 기억도 없다. 이른 새벽에 시작된 나의 하루는 해가 뉘엿뉘엿 질 때가 되자 마무리되었다. 체력적으로 너무나 힘이 들었다. 몸이 부서질 것 같았다. 한동안 눈물이 멈추지 않았다. 그럼에도 나의 모든 것을 쏟아부은 열정 가득한 오늘이 좋았고, 최선을 다하겠다는 노력이 안전한 비행으로 결실을 맺어 감사했다.

우리가 아는 이 세상의 모든 천재는 재능 천재이자 동시에 노력 천재다. 아무리 천부적인 재능을 가진 뛰어난 사람이라 해도 열정과 노력이 없으면 그 재능은 길가에 버려진 휴지조각에 지나지 않는다. 땀과 눈물만이 세상을 향해 "엄청난 재능을 가진 사람이 여기 있습니다!"라고 외칠 수 있게 도와준다는 사실을 비행에서 배웠다.

그러고 보면 우리 모두는 누구나 천재가 될 수 있는 씨앗을 가지고 있는 셈이다. 누구에게나 세상을 바꿀 만한 잠재력이 있다. 다만 그것을 세상 가운데 드러낼 열정과 노력이 부족할 뿐이다. 열정은 자기 확신에서부터 시작된다. 스스로를 믿지 못하면 어떠한 노력이나 의지도 생기지 않는다. 나를 굳게 믿어주는 누군가가 옆에 있다면 큰 도움이 되겠지만, 그보다 더 중요한 건 내가 나를 믿어주는 것이다.

내가 나를 믿고 내 안에서 최선을 이끌어내야 한다. 그러면 세상도 나를 믿고 응원해줄 것이다.

오직 내 믿음이
나를 그곳으로 이끌 거예요

도하에서 열다섯 시간 이상을 날아 호주 애들레이드Adelaide에 도착했다. 호텔 방에 도착해서 옷을 갈아입고 샤워를 한 후 피곤에 지친 몸을 잠시 침대에 뉘어 천장을 바라보고 있으니 허기가 졌다. 현지 시각으로 새벽 3시가 가까워지고 있었다. 하지만 새벽같이 일어나 도하에서 출발해 이곳 지구 반대편에 와 있는 나는 배가 무척 고팠다.

- 룸서비스 주문할게요.
- 지금은 나이트 스낵만 주문이 가능합니다.
- 앵거스 비프 버거 하나 주세요.
- 지금 새벽 3시인데 버거를 주문하시는 게 맞나요?
- 네, 이곳에 살고 있는 당신에게는 새벽 3시지만 나에겐 저녁 7시 반으로, 지금은 완벽한 저녁 식사 시간이에요.

새벽 3시에 주문을 받는 직원이 볼 때 앵거스 비프 버거를 시키는 손님이 제정신으로 보일 리 없었다. 나에게는 그 시각 완벽한 저녁 식사와 메뉴 선택이 그의 눈에는 분명 정신 나간 듯 보였을 것이다. 당신과 내가 다른 시차 속에 살고 있으니 어쩔 수 없다.

우리 모두는 이처럼 제각각 다른 시간 속에서 살아간다. 무언가를 하기에 나에게 완벽한 그 시각이 상대에겐 엉뚱하고 제정신이 아닌 시각일 수도, 혹은 내가 보기에 얼토당토않는 시각이 누군가에겐 최적의 때일 수도 있다. 내가 느리다고 느린 것이 아니며 빠르다고 빠른 것 또한 아니다.

시작점과 끝점이 같은 동일한 구간을 이동한다고 해보자. 이때 어느 누구도 전체 구간을 전력 질주할 수는 없다. 저마다 다른 속력으로 전진하는 게 당연하다. 내가 길을 잃고 멈춰 서 있을 때 내 옆에 있는 누군가가 갑자기 날개 단 듯 훨훨 날아올라 앞서 나간다고 해서 좌절할 필요도 없다. 잠시 후 내가 날개를 달고 날아갈 때 방금 전까지 비상하던 그는 속도를 줄이고 호흡을 가다듬으며 쉬고 있을 수도 있다. 사람마다 전력 질주하는 구간과 쉬어가는 구간이 다를 뿐이다. 모두가 자신의 시간 속에서 자기 속도로 살아가면 된다.

어떠한 일을 시작할 때 당장의 가시적인 성과에만 집착한다면 내 인생이 계획하고 생각한 대로 따라주지 않는다고 실망할 수 있다. 나아가 좌절스럽기까지 하다. 그러나 인생은 내가 믿는 대로 살아지게끔 되어 있으며, 그 믿음을 포기하지 않으면 꿈이란 건 반드시 이루게 되어 있다. 이제는 그 사실을 의심하지 않는다.

항상 브리핑을 마무리하며 비행에 나서는 크루들에게 전했던 메시지를 이제는 세상을 향해 나아가려는 여러분과 함께 나누고 싶다.

I am not only a dreamer but a strong believer.

나의 믿음이 나를 성공으로 이끌 거예요.

Believe in yourself.

나를 믿어요.

And, Let's rock it, guys!

자, 그럼 우리 잘해봅시다!

에필로그

다시 날아오르다

10년 전, 카타르로 떠나기 전에 에스 언니를 만나고 돌아온 날을 기억한다. 나에게 승무원을 해보라고 제안해준 고마운 사람. 그날부터 인터넷을 뒤져 항공사의 소식을 알아내고 취업 정보를 캐내기 시작했다.

하나씩 알아갈 때마다, 그리고 그 각각의 조각들이 모여 퍼즐이 맞춰지듯 서로 맞아 들어갈 때마다 나도 모르게 흥분되었다. 새로운 곳에서 새로운 일을 하게 될 것이라는 기대와 설렘. 이 모든 것이 동력이 되어 다니던 직장을 미련 없이 박차고 나와 승무원으로서 새롭게 시작할 수 있었다.

지금 나는 서울에 살면서 이곳 생활에 조금씩 적응해가고 있다. 한국에서 나만의 비즈니스를 해보겠다고 굳게 마음먹었기에 그토록 사랑하는 사무장의 자리를 내려놓고 돌아올 수 있었다. 그리고 신중하게 고민한 끝에 사업자 등록을 하고, 열심히 발품을 팔아 자그마한 사무실을 마련했다.

매일 아침 일찍 홀로 사무실에 출근해 오늘 할 일을 계획하고 사람들과 미팅을 하고 시장과 공장을 찾아다닌다. 온전히 나 혼자 이 모든 일의 주체가 되어 계획을 하고 하나씩 실천을 해나간다.

승무원이 되겠다고 다짐한 그날의 설렘과 흥분이 다시 찾아왔다. 꿈꾸던 일이 꿈이 아닌 현실이 되어갈 때의 그 기분은 직접 느껴보지 않으면 알 길이 없다. 오랜만에 찾아온 가슴 벅찬 설렘이다.

새로운 일을 시작하는 데 있어 두렵지 않은 이가 어디 있을까. 나도 때때로 막막하고 두려운 마음이 든다. 하지만 이 두려움을 이겨내고 헤쳐나갈 용기는 오직 나에게만 있다. 그 사실에 커다란 위안을 받는다.

이제 막 알을 깨고 나왔으니 두 발로 우뚝 일어서려면 앞으로도 수없이 넘어지고 깨지고 상처 입게 될 것이다. 그러나 그 시간은 반드시 필요하다. 그 과정을 견뎌내야 내가 더 욱더 단단해지고 빛나게 될 걸 알기에 두 팔 벌려 그 시간을 맞이하고 즐길 것이다.

이제껏 나는 도전을 즐기며 살아왔다. 내 삶은 항상 도전에 대한 응전이었다. 영국의 역사가 토인비가 "인류의 역사는 도전과 응전의 역사"라고 말했듯이, 내 삶도 인류가 발전해온 것처럼 조금씩 성장해가고 있는 중이다.

오늘도 나는 사무실에 앉아 꿈에 부풀어 기획을 하고 실행을 하고, 그리다 한계에 부딪히기도 하는 시간들을 보내고 있다. 그동안 머리를 가득 채운 수많은 생각과 고민을 하나씩 풀어내기까지 오랜 시간이 걸렸다. 덕분에 지금 그 결과물들이 내 눈앞에서 하나둘 현실이 되어가고 있다. 다시 한번 내 결정이 틀리지 않았고, 옳은 길을 가고 있다는 확신이 든다.

다시 꿈꾼다는 것은 다시 성장할 수 있다는 말과도 같다. 이 길 위에서 어떤 진귀한 것을 만나게 될지는 떠나보지 않고서는 알 수 없다. 다시 설레는 마음으로 힘찬 발걸음을 옮겨본다.

다시 날아오른다.

회사를 관두는 최고의 순간

펴낸날 1판 1쇄 2020년 9월 25일

지은이 이주영
펴낸이 윤미경

펴낸곳 헤이북스
출판등록 제2014-000031호
주소 경기도 성남시 분당구 황새울로 234, 607호
전화 031-603-6166
팩스 031-624-4284
이메일 heybooksblog@naver.com

책임편집 손소전
디자인 류지혜 instagram.com/chirchirbb
찍은곳 한영문화사

ISBN 979-11-88366-24-8 03810